SV

Mircea Cărtărescu
Warum wir die Frauen lieben

Geschichten

Aus dem Rumänischen von
Ernest Wichner

Suhrkamp

Die Originalausgabe erschien 2004
unter dem Titel *De ce iubim femeile* bei
Humanitas in Bukarest

Erste Auflage 2008

Druck: Freiburger Graphische Betriebe, Freiburg
Printed in Germany
ISBN 978-3-518-41961-8

1 2 3 4 5 6 – 13 12 11 10 09 08

I met my old lover
On the street last night
She seemed so glad to see me,
I just smiled.
And we talked some old times
And we drank ourselves some beers,
Still crazy after all these years,
Still crazy after all these years …

Paul Simon

Die kleine Negerin

Die geneigten Leserinnen dieses Buches mögen mich bitte nicht von allem Anfang an schon für pedantisch halten, wenn ich mit einem Zitat beginne. In meiner Jugend hatte ich die blöde Angewohnheit, in Zitaten zu sprechen, was mir einen traurigen Ruf im Cantemir-Lyzeum eintrug. Meine Schulkameraden schleppten zehn Kilogramm schwere Tonbandgeräte zur Schule, legten Musik auf und tanzten in der Französischstunde … Garsonelu, unser ausgeflippter Lehrer, versammelte die Mädchen um sich und sagte ihnen, wie all die Schweinereien auf französisch heißen, in der letzten Bankreihe blätterten zwei andere in schwedischen Pornozeitschriften. Nur ich, der ich ausschließlich in der Welt der Bücher lebte, ging los und schmierte irgendein Zitat von Camus oder von T. S. Eliot an die Tafel, das wie die Faust aufs Auge zu der enthemmten Atmosphäre in unserem staubigen und heruntergekommenen Klassenzimmer paßte. Die Mädchen aber, die da mit übereinandergeschlagenen Beinen auf dem Pult saßen, so daß man einen tiefen Einblick unter den hochgekrempelten Saum ihrer Uniformröcke gewann, taten nicht einmal mehr so, als wollten sie die Nase rümpfen oder gar verächtlich prusten, wenn sie dies sahen. Sie hatten sich daran gewöhnt. Nun schauten sie durch mich hindurch, als gäbe es mich nicht, und so brachte ich das Lyzeum hinter mich: ein seltsamer Kauz in zerschlissener Schuluniform, der unverständliche Texte an die Tafel schreibt oder am Rande der Weitsprunggrube mit den Kastanien spricht. Nicht aus Snobismus sprach ich in Zitaten, oder weil ich großtun wollte (sich wichtig machen konnte man ohnehin nur mit der Rockmusik oder einer Liste der Bräute, die man schon hatte, alles andere war Kinderkram), sondern weil ich einen Autor irrsinnig liebte, mich mit ihm identifizierte und glaubte, daß allein die Worte, die er einmal ausgesprochen hatte, die tiefe Wahrheit der Welt ausdrücken, während alles andere nichts ist als leeres Gerede.

Im Laufe der Zeit bin ich zwar der gleiche *Jerk* geblieben, der sich nicht darum kümmert, wie er angezogen ist, was er ißt und was er am Biertisch oder auf einem Kolloquium sagt, aber ich habe gelernt, immerhin in zwei Hinsichten etwas vorsichtiger zu sein. Zum einen, was das Erzählen der Träume (aber darauf werde ich bei anderer Gelegenheit zurückkommen), und zum anderen, was das Zitieren meiner Lieblingsautoren betrifft. Beides langweilt tödlich, sowohl beim Schreiben als auch in jedem Gespräch, das man führt, und es verleiht einem die Ausstrahlung eines Menschen, mit dem man am besten keinen Umgang pflegt. Trotz alledem gibt es Momente, in denen ich den Eindruck habe, im nächsten Augenblick zu sterben, wenn ich einen Traum nicht erzähle oder ein Zitat nicht zulasse. So kann ich mir beispielsweise diese Seiten nicht ohne Salingers Worte am Anfang vorstellen – er ist der Schriftsteller, den ich am meisten liebe und bewundere –, als bestünde der restliche Text aus ein paar kleinen Eisenbahnwaggons und das Zitat wäre die Lokomotive. Ich spüre, daß ich nicht vom Stil sprechen kann, davon, was eine stilsichere Person ist, wenn ich nicht genau so beginne, wie ich beginnen werde.

Anfangs glaubte ich, das kurze Fragment stamme aus *Für Esmé mit Liebe und Unrat*, aber ich war überrascht, es dann in *Der Lachende Mann* zu finden. Dies also sagt Salinger, indem er die Erzählung von ein paar Kindern unterbricht, die ein Busfahrer zum Spielen fährt, wobei er ihnen endlose Geschichten in der Art der amerikanischen Comic strips mit Spiderman oder Batman erzählt: »Auf Anhieb könnte ich nur drei Mädchen in meinem Leben nennen, von deren Schönheit, obwohl diese in keine Norm paßte, ich auf den ersten Blick betroffen war. Eins davon war ein mageres Mädchen in einem schwarzen Badeanzug, das sich am Jones-Strand mit einem orangefarbenen Sonnenschirm abmühte. Das war um 1936 herum. Das zweite war ein Mädchen an Bord eines Vergnügungsdampfers in der Karibischen See im Jahre 1939, das mit seinem Feuerzeug nach einem Tümmler warf, und das dritte war Mary Hudson, das Mädchen unseres Häuptlings.«*

Anstatt nun mit der Erklärung zu beginnen, weshalb diese *flashs* von reiner Schönheit literarisch so wunderbar sind (so banal sie auf den ersten Blick scheinen mögen), verlasse ich die Lokomotive so, wie sie ist, und begebe mich in die Waggons. Und schon der erste Waggon ist um so seltsamer, als er sich tatsächlich als Waggon im wahrsten Sinne des Wortes herausstellt. Denn in einem Metrowaggon bin ich der Frau begegnet – eigentlich habe

* J. D. Salingers Erzählung »Der Lachende Mann« wurde von Annemarie und Heinrich Böll übersetzt. J. D. Salinger: *Neue Erzählungen.* Reinbek bei Hamburg 1968.

ich die Chance bekommen, sie ein paar Minuten lang zu sehen –, die mir bis auf den heutigen Tag als die schönste Frau der Welt in Erinnerung geblieben ist. Gewiß ist es möglich, daß sich ihre Vollkommenheit nun in meinem Kopf mit der Unwirklichkeit des Karussells am Ufer des Ozeans vermischt, mit den Seelöwen, die sich neben der Landungsbrücke übereinanderwälzen, mit dem wie eine Statue auf seinem Sockel reglos verharrenden Mann (dem ersten, den ich je gesehen habe und der mich auf die Idee für ein ganzes Kapitel in meinem Roman *Orbitor* brachte), mit den nicht enden wollenden Schmuckläden, die ihre Goldkettchen an der Strandpromenade ausstellen, mit den Automaten, in die man eine Cent-Münze warf, um sie zur Ellipse gepreßt zurückzuerhalten, mit den riesigen Mammutbäumen des Red Wood ... Mit den auf- und absteigenden Gassen und Straßen, mit Chinatown und den Palmen, die träge den Himmel fegen, in (kann ich mein Geheimnis noch wahren?) San Francisco, der um die kleine Negerin im Metrowaggon herumgebauten Stadt, der ihrem Bilde und ihrer Herrlichkeit nachempfundenen Stadt.

Eigentlich wohnte ich in Berkeley und verließ jeden Morgen mit den Zubringern KFC und dem K-Mart meine kleine Vorstadt, um die Metro zu nehmen, die mich unter dem Ozeanarm hinweg direkt ins Herz von Frisco brachte. 1990 war ich noch ein langhaariger Junge in einer braunen Lederjacke, der, die Hände in den Taschen, durch die Straßen stromerte und sich vorstellte, exakt auf Ferlinghettis und Kerouacs Spuren zu wandeln. Die Metro, die berühmte The Bart, ist an sich schon von besonderer Eleganz. Welch ein Unterschied zur elenden New

Yorker Untergrundbahn, die, öl- und rußverschmiert, mir wie die düstere Szenerie einer negativen Utopie vorkam. Sauber und weiß wie Milch gleitet der Bart dermaßen sanft unter dem Ozean dahin, daß sein gesamter Plafond allmählich gläsern zu werden scheint und man das grüne trübe Licht des Meeres und das Wuseln der silbrigen Fische zu sehen meint. Eines Morgens, ich döste noch auf einem Plastiksitz in der Metro, sah ich sie plötzlich. Ich war nicht der einzige. Tatsächlich haben sie absolut alle in dem hellerleuchteten Waggon angeschaut.

Normalerweise gebe ich mich keinen Phantasien mit Negerinnen hin. Der einen oder anderen bin ich bei verschiedenen mondänen Gelegenheiten schon begegnet, und sie sind mir nicht anders vorgekommen als andere Frauen auch, etwa Chinesinnen oder Araberinnen. Überflüssig zu sagen, daß ich nie eine Geliebte hatte, deren Hautfarbe anders als die meine gewesen wäre, obwohl viele einen andersfarbigen Verstand, eine anders gefärbte Stimme und ein andersfarbiges Lächeln hatten. Das Mädchen aber, von dem ich meinen Blick zwei Stationen lang (genau auf der Strecke, da sich die Wagen auf dem Grunde des Ozeans dahinschleppten) schlicht und einfach nicht abwenden konnte, war zufällig eine Negerin und etwa sechzehn Jahre alt. Und es trug zufällig einen weißen Seidensari mit sehr blassen, unidentifizierbaren Blumen, die in einem leichten Relief darüber gestreut waren (tatsächlich *darüber*, sie schienen einen Zentimeter über dem glänzenden Material zu schweben). Und auf dem Kopf trug es einen kleinen Turban aus dem gleichen Stoff, der seine Schläfen wie bei den ägyptischen Schönheiten verlängerte. Zufällig hatte das Mädchen auch Walkmandrähte, die sich ihm aus den Ohren schlängelten und, von zwei Seiten dünn zusammenlaufend, unter dem Tuch des Sari verschwanden; ein technisches Detail, das sich in einem dermaßen kontrastlosen Kontrast zur traditionellen Kleidung befand, daß man sich fragen mußte, ob etwa alle seine afrikanischen Vorfahren von der Nacht der Geschichte an und bis heute Walkmans an ihren Gürteln getragen hatten. An der Fessel des einen Fußes ein ledernes Band mit einem arabischen Text, vielleicht aus dem Koran.

Das Mädchen war nicht schön, sondern das sensible Bild der Schönheit selbst. Es ist mir unmöglich zu sagen, ob es bloß ein ästhetisches Objekt war, dem jede Psychologie völlig abging, oder ob es im Gegenteil *nur* Psychologie war, verstörte zwar, eine Projektion der faszinierten Blikke seiner Umgebung. Als ich es anschaute, verstand ich, warum es mitunter heißt »von räuberischer Schönheit«: Alle waren wir seine Geiseln und warteten anscheinend darauf, von einem Augenblick auf den anderen der Reihe nach grausam geopfert zu werden. Und trotzdem waren Schüchternheit und Unschuld seine einzige Macht.

Ich könnte nicht sagen, wann das Mädchen in dem Waggon aufgetaucht war, aber sie stieg mit mir am Kennedy-Platz aus, wo es Luxusläden und Palmen gibt; und aufrecht in ihrem Sari einherschreitend, der ihre Schulterblätter ebenso verhüllte wie die Pobacken, löste sie sich im komplizierten Licht der Umgebung auf. Oft habe ich danach gedacht, daß sie, hätte ich, wie ich so hinter ihr herging, ihren Seidenumhang berührt, sich zu mir umgedreht hätte, und zwar nicht, weil sie meine Berührung gespürt, sondern weil sie gefühlt hätte, wie sich ein Teil ihrer unbekannten und mystischen inneren Kraft aus ihrem Körper in meine Fingerspitzen ergießt …

Nun erst merke ich, daß sowohl die drei von Salinger in ausdrucksstarken Worten beschriebenen Frauen (wie großartig: das Mädchen, das *mit einem Feuerzeug nach einem Tümmler wirft!*) als auch die, die ich auf einer ganzen Seite nicht zu beschreiben vermochte, in Meeresnähe auftreten. Und mir ist, als müßte das so sein, denn wenn ich an Stil denke (der Gnade ist, ein Sichwiegen im Gleichklang mit dem allgemeinen Gewoge der Welt, ein Schweben unterhalb des Stromes, ohne Oppositionsmoment, dem Mäandern der Fülle und der Leere folgend), gerät mir immer das gleiche Bild in den Sinn: die langen Algen, wie sie in der Strömung auf und nieder schweben, sie biegen sich, werden dünn und verdicken sich wieder im grünen gelatinösen Wasser auf dem Meeresgrund.

Um Stil zu haben, kann man nichts tun. Denn Stil hat man nicht, man ist es. Der ist in die Funktionszusammenhänge der Wirbel in deiner Wirbelsäule eingeschrieben, in die Dynamik deiner Körpersäfte, in den Lichtfleck auf deiner sanften Pupille. In die Klugheit deines Verstandes, die voranschreitet, wenn das Universum voranschreitet, und sich zurückzieht, wenn das Universum sich zurückzieht.

Für D., vingt ans après

Als ich D. kennenlernte (in einer meiner Geschichten habe ich sie Gina genannt), hielt ich mich für eine Art Superchampion im Träumen. Ich richtete mir jede Nacht wie eine Box-Gala ein, bei der ich meinen diamantenbesetzten Gürtel gegen sämtliche *Challenger* verteidigte. Ich hatte, so meinte ich, Mandiarques, Jean Paul, Hoffmann, Tieck, Nerval und Novalis durch K. o. besiegt, Kafka nach Punkten, und Dimov hatte (in der sechzehnten Runde) aufgegeben. Jedes Buch, das ich damals las, war eine gestemmte Hantel, jedes Gedicht war ein Expander, jeder Spaziergang eine Unzahl Liegestütze, jeder Blick (wie ich damals eine Füllfederkappe oder einen Bleistiftspitzer auf dem Tisch anschaute, derart intensiv und unpersönlich, daß alles drum herum verschwand und diese Dinge sich in meinem Hinschauen erhoben, so daß ich sie in ihrer Gänze sehen und verstehen konnte, ihre Festigkeit beim Berühren, die Chemie ihrer Oberflächen aus Metall oder Kunststoff, als hätten sie sich nicht außerhalb meines Körpers befunden, sondern wären in der goldenen Luft meines Verstandes geschwebt, was sie ja auch tun) eine Konzentrationsübung für die kommende Nacht, Training für eine neue Traumrunde.

D. war wunderschön, und wenn ich einmal über sie schrieb, sie habe mit weit offenen Augen geschlafen, möge man dies nicht für eine Autorenerfindung halten.

Genau so war es. In unserer langen Geschichte haben wir nicht sehr viele Nächte zusammen geschlafen, und als wir es taten, war eigentlich schon alles vorbei: meine verzweifelte Liebe für sie ebenso wie die Erzählung über Gina. Ich kann gar nicht sagen, wie traurig es war, mit meiner eigenen Figur Liebe zu machen und nicht mit dem Mädchen, für das ich mir einstmals bei lebendigem Leib die Haut hätte abziehen lassen. Aber jedesmal, wenn ich neben ihr schlief, wachte ich nachts auf und sah, wie sie, ohne mit der Wimper zu zucken, den Plafond anstarrte und ihn dennoch nicht sah, mit schwach im Halbdunkel des Fensters glänzenden Augen.

Zum ersten Mal hatte ich sie in Cochirleni so schlafen gesehen, wo die Studenten unserer Hochschule ihr Landwirtschaftspraktikum bei der Weinlese absolvierten. Jeden Tag gingen wir in Begleitung eines heidnischen Satyrs (des Herrn Podgo, splitternackt und borstig) und eines sanften Erzengels (»Pater« Ioan Alexandru) in den Weinberg, und nach etwa sechs Stunden des Herumtrödelns kehrten wir in unsere Schlafsäle zurück. Schon nach einer Woche hätte niemand mehr sagen können, welches der Mädchenschlafsaal und welches der Schlafsaal der Jungen war. Wir hatten uns total vermischt. Eines Nachmittags hatte D. mich gebeten, ihr irgend etwas einzukaufen – damals waren wir erst Freunde, ein klein bißchen mehr als Kommilitonen –, so daß ich, als ich zurückkam, in den Mädchenschlafsaal ging. Das Chaos da drin war nicht zu beschreiben: Die eine lackierte sich die Fußnägel, die andere sprühte sich Intimspray ins Höschen, wieder eine andere leckte eben einen Kerl ab (der Junge ist mittlerweile tot), während Mira und Altamira

(Sie glauben wohl, die gibt es in Wirklichkeit gar nicht? nun, es gibt sie, und heute leben sie zusammen) eng umschlungen unter einem Leintuch auf dem Bett lagen. D. lag auf dem Etagenbett darüber. Um sie besser sehen zu können, stieg ich auf die untere Bettkante: Sie lag kerzengerade ausgestreckt da wie eine Statue auf einem etruskischen Sarg und schaute mir unverwandt ins Gesicht. Ich muß noch sagen, daß D. die schönsten *gelben* Augen hatte, die man sich vorstellen kann, mit Wimpern, die sich wie kleine Angelhaken bogen. Heute sind sie nicht mehr so. Jedesmal, wenn ich sie nun sehe, erkenne ich sie an ihren Lippen (die sind tatsächlich unverwechselbar) und nicht an den Augen. Ich sagte das eine oder andere zu ihr, aber sie schaute mich weiterhin so an, als höre sie mir aufmerksam zu, könne jedoch aus unerfindlichen Gründen nicht hinter den Sinn meiner Worte kommen. Es hat wohl gut zwei Minuten gedauert, in denen ich ihr allerhand erklärt habe. Ich hatte zwar das dumpfe Gefühl, daß da etwas nicht stimmte, aber wie in einer absurden Traumsituation konnte ich nicht ahnen, *wo* genau der Fehler lag. Schließlich warf eine Kommilitonin beiläufig hin: »Laß sie doch, siehst du denn nicht, daß sie schläft? Die schläft so, mit offenen Augen.« In diesem Moment (weil D. mir weiterhin auf die allernatürlichste Weise in die Augen schaute) hatte ich das deutliche Gefühl – es hat sich so niemals mehr eingestellt –, daß ich träumte. Daß vielleicht mein ganzes bisheriges Leben ein Traum gewesen sei.

Aber in der Nacht darauf, als D. und ich bis zum Morgen in einem Feld mit Luzerne lagen, eine Flasche Wodka tranken und die Luzerne auf einer unvorstellbar großen

Fläche niederwalzten (wobei ich zum ersten Mal erfuhr, wie süß sich das Schamhaar eines Mädchens beim Streicheln anfühlt), war es ein Hypertraum, während es in den folgenden Jahren Träume waren, die einer im anderen steckten, wie die lackierten chinesischen Schachteln. Ein armer und skeptischer Sohn der Arbeiterklasse hatte eine Prinzessin kennengelernt etc. etc.

Was ich hier schreiben will, alles andere steht schließlich schon in Büchern, ist das, was ich bisher nirgendwo in meiner Literatur habe schreiben können, weil es sich, wie Kafka sagt, »nicht sagen läßt«.

Niemals hätte ich D. geliebt, wenn sie nur (sehr) schön gewesen wäre oder wenn sie keine anderen Verführungsmittel gehabt hätte als den *Palast*, in dem sie, wie mir schien, wohnte – als ich zum ersten Mal in ihrem Haus war, Ikonen in Hinterglasmalerei tapezierten die Wände, meinte ich tatsächlich, durch zig Räume gegangen zu sein –, und die faszinierenden Klamotten und Kosmetika, über die sie verfügte. Ich hätte sie auch dafür nicht geliebt, daß sie einmal, als ich sie wie gewöhnlich nach Hause begleitete, mit mir an einem kleinen, von einer trüben Glühbirne beleuchteten dreieckigen Platz stehenblieb, es war ein verschneiter Dezember, ihre feuchten Händchen in meine Manteltaschen steckte und mir, ohne ein Wort zu sagen, in der Dunkelheit in die Augen schaute, während es im Licht der einsamen Birne mit unbändiger Wut schneite. Dafür liebe ich sie erst jetzt. Die Wahrheit aber ist, daß D. mich durch ihre besondere Fähigkeit zu träumen verführte (und dies mit Nachdruck und Beharrlichkeit, also eher so, wie ein Mann eine Frau verführt).

D. war nicht übermäßig intelligent, viele hielten sie

sogar für eine Gans und bemitleideten mich theatralisch wegen der Mangelhaftigkeit unserer Beziehung. Mitunter machte sie auch ziemlich blöde Schnitzer. Auch war sie keineswegs treu. Im Gegenteil, sie konnte unerträglich mit anderen kokettieren und achtete stets darauf, mir auf sadistische Weise zu berichten, wen sie sonst noch traf. Aber als Träumerin trat sie in einer höheren Gewichtsklasse an und zerschmetterte mich bei jedem Aufeinandertreffen. Niemals und bei niemand sonst (*including* Nerval, Jean Paul nebst allen anderen weiter oben Genannten) begegnete ich besseren Träumen, Träumen von dermaßen ausgefeilter Architektur, solchen, die fester mit ihren Löwentatzen auf dem Boden standen und trotzdem auf Wolken und blauen Himmel gebaut waren. Erzählte sie mir einen Traum, so trat er mir in so vielen Details vor die Augen, daß ich etwas später meinte, *ich* hätte ihn geträumt. Oftmals, wenn ich sie nach Hause begleitet hatte, gewöhnlich abends nach den letzten Seminaren, traten wir in den Hausflur und setzten uns auf den Marmorstufen in ein Halbdunkel, in dem wir unsere Augen kaum sehen konnten. Dann zündete sie sich eine Zigarette an und begann zu erzählen. Unter den gekringelten Wimpern leuchteten ihre Augen wie in jener Szene in der leeren Bar in *Citizen Kane*. Ein Traum von ihr dauerte beim Erzählen mindestens eine halbe Stunde, mir aber war, wie in jener morgenländischen Geschichte, als währte er mehrere Leben lang, vergangene oder künftige. Zog ich beim Weggehen die schwere schmiedeeiserne Tür hinter mir zu, so fragte ich mich stets, wie ich bis zum nächsten Tag, da ich sie in der Universität wiedersehen würde, überleben sollte.

Später dann, als ich in meinen Büchern Träume erzählte, profitierte ich unzählige Male, schäbigerweise, von einem Haarriß im Urheberrecht – dem fehlenden Copyright auf Träume – und stahl ihr die bezauberndsten und ausdrucksstärksten Visionen, die mystischsten Dekors, die diskretesten Übergänge vom Realen ins Irreale und den *part way back*. Ihr gehörte der Traum vom Marmorpalast, den die Schmetterlinge überfluten, aus meinem Roman *Orbitor* – überhaupt sind die Schmetterlinge dort ihre Schmetterlinge –, ebenfalls ihr Traum war der mit der gewaltigen Höhle, in der Maria wochenlang auf zarten und beinahe durchscheinenden Fliesen aus Obsidian und Malachit herumirrt. Eigentlich habe ich nun den Eindruck, daß jeder Traum, den sie mir in jener weit zurückliegenden Zeit, da wir zusammen waren, erzählt hat, ja sogar diejenigen, die ich, unabhängig von ihrer Anwesenheit und ihrem Willen, geträumt habe, im innersten Kern ihres Hirns aufkeimte, einen durchsichtigen Keimling entwickelte, der meine Schädeldekke perforierte und plötzlich am Ende dieses Triebs sich in meinem Schädel als eine exotische und vielgestaltige Blüte entfaltete. Zwischen unseren Köpfen hatte sich eine Nabelschnur gebildet, sie war die Mutter, die mich mit der gelatinösen Substanz des Traumes nährte, während ich – der ich (oder weil ich) jede Faser ihres dürftigen Studentinnen- und Gänschenkopfes liebte – durch das Aufeinandertreffen der embryonalen Häutchen, die beidseitig mit gestohlenen Träumen beschrieben waren, immer größer wurde.

Und wo stehen wir heute: ich, ein Autor, der Ruhm (und mehr noch Verachtung) anhäuft, es nicht mehr wagt, nächtens in irgendeinen Ring zu steigen, zu keinerlei Traumrunde. Sie, eine Unbekannte, ein benutzter und weggeworfener Briefumschlag, der Geld enthalten haben kann oder Heroin. Beide haben wir die Vierzig überschritten, und (um die Klassiker zu zitieren) »unsere unsterbliche Liebe ist zum Teufel« …

Ich bitte D. – »wherever she is« –, diesen kleinen Text anzunehmen, nicht bloß als Wechselgeld für die Worte, die sie mir vor gar nicht *allzulanger* Zeit sagte, sondern auch als eine zärtliche Huldigung.

Maiglöckchen

Ich bin sicher, liebe Leserin, daß auch du schon ein paarmal in deinem Leben dieses Gefühl hattest, das eigentlich, wie vieles aus diesem Bereich, namenlos bleiben sollte, jedoch den häßlichen und tautologischen Namen Déjà-vu trägt. Denn wenn man so etwas erlebt, beeindruckt einen nicht die scheinbare Wiederholung einer Szene aus dem eigenen Leben (schließlich besteht unser Leben aus einer langen Kette von Wiederholungen: wieviel tausend Knöpfe knöpfen wir während eines Jahres auf und zu? Wie viele im Grunde identische Unterhaltungen mit den gleichen zwei, drei Freunden und dem Gelästere über die Abwesenden organisieren wir? Jeden Augenblick, den wir erleben, müßten wir ein Déjà-vu nennen), sondern die Verwirrung, welche die starke Magie hervorruft, die man, ohne zu wissen, warum, jedesmal in solch einer Situation empfindet. Gelangweilt sitzt du eines Nachmittags vor dem Fernseher, schaust dir abwesend eine Sendung an, die dich nicht interessiert, und plötzlich ist dir, als explodiertest du in einer Kugel hellen Lichts: Hei, diesen Augenblick hast du doch schon einmal erlebt! Gewiß, gewiß, es war ganz genauso. Aber du weißt nicht, *was genau* so war wie damals, und du bist auch nicht in der Lage, einen klaren Gedanken zu fassen, denn mit einemmal erfaßt dich eine Art Glück, in dem sich lähmende Qual mit herzzerreißender Nostalgie mischt: »Ja, ja, so war es damals!« sagst du fortwährend, und erst wenn dich diese Ekstase verläßt – als wärest du ein Korken auf dem Wasser gewesen, hochgespült auf den Wellenkamm und im nächsten Augenblick wieder ins Tal hinabgeglitten –, beginnst du dich zu fragen, was von dem, das du im Fernseher gesehen hast, tatsächlich diesen Sturm in deinem Gedächtnis ausgelöst hat. Du wirst die Antwort nicht finden, wie sehr du dich auch darum bemühen magst. Vielleicht wirst du dich eines Satzes oder eines Bildes entsinnen, aber sie rufen diese orgiastische und traurige Entladung beim Erinnern nicht mehr hervor. Ebenso wirst du nicht in der Lage sein, dich daran zu erinnern, an welchen Punkt deiner Vergangenheit es dich verschlagen hatte: Du hast ihn vergessen, genauso wie der Traum verfliegt, eben noch ganz lebendig, ist er auch schon wenige Sekunden nach dem Erwachen weg und dahin. Dir bleibt bloß der Eindruck, etwas unendlich Wertvolles erlebt zu haben, für den Bruchteil einer Sekunde tatsächlich in den Körper des Mädchens, das du einmal gewesen bist, zurückgekehrt zu sein, ja – durch ein atavistisches Gedächtnis – vielleicht noch weiter: in den Körper deiner Mutter, deiner Großmutter oder der Keltin, Sarmatin oder Thrakerin, die deine Ur-Ur-Ur-Großmutter in den Untiefen der Zeiten gewesen ist. Ich glaube, daß auch du diese Eindrücke bewahrt und gehofft hast, eines Tages ihren geheimen Sinn zu erfassen.

Was mich betrifft – ich denke mitunter, was für ein wertvolles Studienmaterial ich für einen Psychologen abgeben könnte, selbst für einen Psychiater, aber ich habe nicht vor, meine Haut so billig zu verkaufen –, so gehören Déjà-vu-Erlebnisse zu meinen konstanten Lebensbegleitern, glücklicherweise traten sie jedoch nicht so gehäuft auf, daß ich die Aufmerksamkeit für sie verloren hätte. Sie begannen in der Jugend (wenn eigentlich alles anfängt) mit dem unverhofften Gefühl, in Ohnmacht zu fallen, mich in Nostalgie aufzulösen, das ich an einem Herbsttag hatte, da ich ganz einfach auf dem Weg zum Lyzeum die Straße entlangging. Ich war an einer mir entgegenkommenden Frau vorbeigegangen, die einen Duft verströmte … einen ganz bestimmten Duft, einen süßlichen und leicht mentholierten Duft, eher ein Konditoreiduft als ein Damenparfum. Die Frau trug ein rosa Kostüm. Ich erinnerte mich an diesen unverwechselbaren Duft, erinnerte mich auch an jene Frau, ja ich kannte sie sogar sehr gut! Als ich, offenen Mundes stehengeblieben, über die Schulter zurückschaute, hat mir der Anblick der schon etwas entfernten Frau, deren Duftspur mich aber immer noch erreichte, einen neuen Schwindelanfall beschert und mich innerlich entzweigerissen. Eigentlich glaubte ich ja, daß diese namenlose Ergriffenheit am ehesten noch dem tiefen Leid einer unerwiderten oder verlorenen Liebe gleicht. Es fiel mir schwer, mich nun zum Lyzeum zu begeben. Ich bekam es mit der Angst zu tun: Würde ich nun verrückt werden? Sobald ich an jenen Duft dachte, spürte ich, wie eine Welle auf mich zurollte, die mich wieder aus mir selbst herauskatapultieren würde.

In den nächsten zehn Jahren habe ich noch etwa sieben-, achtmal an unterschiedlichen Orten den Duft wahrgenommen, der mir das Hirn wie mit einer Schrotladung wegpustete. Ich begreife nicht, wie ich es als Student überlebt habe, als ich zusammen mit einer Dame, die dieses Parfum trug, einen Lift betrat. Als sie ausgestiegen war, habe ich den Lift zwischen den Etagen angehalten, mich auf den Boden gekauert und in dieser Haltung vielleicht eine ganze Stunde zugebracht, während der ich tief jenes rosa Aroma einsog und zu begreifen versuchte, wohin, in welche Schicht meiner entfernten Vergangenheit man mich mit dieser gewaltigen Kraft verschleppt hatte. Ich habe diesen Duft noch einige Male im Gedränge wahrgenommen, in Geschäften, Autobussen, eher in volkstümlicher Umgebung als unter wohlhabenden Menschen. Es konnte irgendein billiges Kölnischwasser sein, dachte ich, von der Art jener, die man einstmals in kleinen gläsernen Autos kaufen konnte ... Jedesmal nahm ich mir vor, dem Mädchen, das so monströs und betäubend duftete, nachzurennen, es an der Schulter umzudrehen und zu fragen: »Woher kenne ich dich?« oder »Wie heißt dein Duft?« oder »Willst du mich heiraten?«, Fragen, die mir in meiner Exaltiertheit absolut gleichwertig vorkamen. Bis zu dem Tag, an dem es zu spät war, habe ich dies nicht getan. Und nicht etwa, weil ich mir gewünscht hätte, alles möge wie in den Büchern von Mateiu Caragiale »unter dem Siegel des Geheimnisses« verweilen. Im Gegenteil, die blitzartige, raumlose Erinnerung an eine mystische Landschaft, in die jener Duft mich immer wieder zurückversetzte, quälte mich wie Alain-Fourniers Meaulnes. Doch stets wenn ich mich im Zentrum jener Explosion ultraglückhaften Leids befand, angesichts dessen die Realität irgendeiner, bald schon von der Menge verschluckten Frau nicht mehr soviel zählte, versuchte ich verzweifelt, möglichst viel von dem Duft einzuatmen. Einmal bloß hatte ich das trügerische Gefühl, endlich einen Brückenkopf in jenem entfernten Gelände einrichten zu können:

Es war Frühling, und ich stand im Cişmigiu-Park auf einer kleinen Brücke, deren Betongeländer ineinandergeflochtene Baumstämme nachbildete, und schaute auf die Boote, die unter mir hindurchglitten. Der Duft hat mich überrumpelt und wieder alles zur Explosion gebracht. Bevor ich mich umwandte und eine Schar Mädchen entdeckte, die auf ihren Rollerblades die Brücke überquerten, dachte ich, nun endlich habe ich ein Bild vor Augen gehabt! Ich habe es mir im Gedächtnis noch einmal heraufbeschworen und dachte, die Nostalgie würde mich zerreißen: Es war eine Vitrine mit Schokoladenbonbons, die in Stanniolpapier eingewickelt waren, glänzendes rotes, mattgrünes und dunkelviolettes Stanniol, mit Sternchenmuster oder eingeprägten kleinen Vierecken, vor der Vitrine stand eine Frau (sie war rosa gekleidet), und da war noch etwas, die geheimnisvollste Sache, ein großer Schatten, der sich über die Vitrine legte. All dies währte nur einen Wimpernschlag, es hatte seinen Ort anscheinend in den sensitivsten Zonen meines Gedächtnisses. Es war keine Vorstellung, sondern etwas Lebendiges, war ein irgendwann von mir erlebter Augenblick, der auf rätselhafte Weise in die gegenwärtige Realität vorgedrungen war … Sosehr ich mich auch bemühte, ich konnte in meinem Gedächtnis keinen Ort für diese blitzartige Vision finden. Vielleicht gehörte sie zu einem Traum, dachte ich …

Einige Jahre danach hatte ich keine Déjà-vu-Sensationen mehr. Ich beschwere mich jedoch nicht: ich hatte andere, eine phantastischer als die andere. Zu jener Zeit begann ich, »Besucher« zu haben. Mitten in der Nacht schlug ich die Augen auf und sah sie: ein Mann oder eine Frau, die neben mir auf dem Bett sitzen und zusehen, wie ich schlafe. Ich könnte jeden einzelnen von ihnen zeichnen, so genau erinnere ich mich an sie. Aber sie gehören zu einer anderen Geschichte. Tatsache ist, daß in einem bestimmten Augenblick, in einer Phase meines Lebens, da ich in ziemlich große Wirrnis geraten war, als ich unstet von einer Frau zur nächsten wechselte, ohne zu wissen, was ich will und wer ich überhaupt bin, daß ich da eine … Dame kennengelernt habe, die ein paar Jahre älter war als ich. Mir gefallen die reiferen Frauen ganz besonders, jene, die immer so ernst erscheinen, so unberührbar, vollkommen eingepaßt in die Lettern des eigenen Lebens, und die doch, wenn sie beschließen, sich von alledem frei zu machen, die süßest möglichen und sinnlichsten Geliebten werden. Solch eine wunderbare Frau sollte an einem Winterabend, da es schneite, zu mir kommen. Eine Weile, während wir bei einem Glas Wein miteinander redeten und nur daran dachten, was folgen würde, liefen die Dinge ritualisiert ab und strebten dem normalen Finale entgegen. Wir würden eine Liebesnacht erleben, die mit ziemlicher Sicherheit die einzige bleiben würde. Keiner von uns beiden wollte mehr vom anderen. Aber im Bett merkte ich beunruhigt, daß unter dem schweren französischen Parfum, das sie an diesem Abend trug, ihre warme und weiche Haut nach … roch. Extrem schwach, das stimmt schon, aber unverwechselbar. Ich habe ihr weiterhin die rosa Spitzenteile ausgezogen, in die ihre intimeren Zonen gehüllt waren, aber mein Kopf war schon woanders. Dieser kompakte und lebendige Leib, für den ich mich in jeder anderen Situation sogar hätte häuten lassen, zog mich überhaupt nicht mehr an, als gehörte er nicht mehr zur gleichen Spezies wie ich. Er war eine fremde Sache, immer noch sehr schön, aber fremd. Noch nie war ich vollkommen reglos neben einer Frau gelegen, und trotzdem empfand ich jetzt weder Scham, noch hatte ich ein Schuldgefühl. Unschuldig wie Tristan und Isolde schliefen wir nebeneinander ein, und in dem Traum, den ich gegen Morgen träumte, betrat ich endlich das entfernte Gelände.

Mutter neben mir war gigantisch. Ich war vielleicht gerade mal drei Jahre alt geworden, vielleicht aber erst kurz davor. Die Straßenbahn, mit der wir zur Wohnung der Tante fuhren, schaukelte auf den Schienen. Der Rücken des Schaffners im verschwitzten Hemd sah aus wie ein geblähtes Schiffssegel. Am Rondell stiegen wir aus, traten auf das Pflaster, das die Statue in konzentrischen Kreisen umgab. Das Denkmal mitten auf dem Platz, den bizarre Gebäude voller Gipsgorgonen und -Atlanten umstanden, war tatsächlich kolossal, und es warf seinen gnomenhaften Schatten auf das Schaufenster der Konditorei. Wir strebten auf ihre Tür mit der Klingel zu. Im Schaufenster lagen in buntes Silberpapier verpackte Schokoladenbonbons. Mutter ist »nur einen Augenblick« hineingegangen und hat mich draußen warten lassen. Die Wolken zerfetzten sich am behelmten Haupt der Statue. Unsere Straßenbahn war weitergefahren, und der Platz war leer, bloß die Schienen glänzten über die ganze Länge des Platzes. Zwischen den fremden Fassaden war vollkommene Stille herabgesunken. Und Mutter kam nicht mehr aus der Konditorei. Ich hatte sie verloren, nun würde ich immer dort bleiben müssen, auf dem Platz mit der gewaltigen Statue. Ich begann, aus Leibeskräften zu schreien, und kauerte mich zusammen, als die Tür aufging, ich einen rosa Ärmel sah und wußte, daß es Mutter war. Ein Schwall von Liebe, wie ich sie nie wieder empfinden sollte, überwältigte mich, Mutter, ihre kastanienbraunen Locken, ihr schmales Gesicht, ihr Hals, ihre Arme! Ich klammerte mich an ihre Hüften und lachte unter Tränen, als ich das Aroma roch. Den süßen, leicht mentholhaltigen Duft, den ich nie mehr vergessen werde. Mutter hatte eine Papiertüte mit gezacktem Rand in der Hand. »Sieh, was ich dir gekauft habe!« In der Tüte befanden sich scheibenförmige und ganz leichte rosa Bonbons aus aufgeschäumtem Zucker. »Man nennt sie Maiglöckchen«, sagte Mutter noch. Sie waren es, die so rochen, sie erfüllten den Platz mit einem derartig mächtigen Duft, daß man die Statue durch den Nebel kaum mehr sehen konnte.

Und dort im Traum explodierte mein Verstand von neuem, und ich begann, vor Glück oder vor Unglück zu weinen, bis meine Freundin mich verwundert weckte und meine Tränen trocknete.

Nabokov in Braşov

Vor ein paar Tagen bin ich eilig, die Hände in den Jakkentaschen vergraben, durch eine Industrielandschaft gegangen, die dermaßen trist war, daß man hätte heulen können. Es war irgendwo bei Timpuri Noi. Die Sonne schien, doch es war so kalt, daß sich der Novemberreif kaum auflöste. Ich dachte an allerhand literarischen Unsinn, als ich hörte, wie mir jemand zurief: »He, Mircea! Was machst du denn so, mein Lieber?« Ein großer BMW, silbermetallic, hielt ein paar Schritte vor mir am Straßenrand, und ein mir völlig unbekanntes weibliches Wesen mit schwarzer, in die Stirn geschobener Sonnenbrille lächelte mir durch das heruntergelassene Seitenfenster zu. Ich ging zu dem Auto, und die Frau stieg aus. »Kennst du mich nicht? Weißt du noch, wer ich bin?« Je länger ich sie anschaute, um so freundlicher wurde sie. »Ich glaube, nein«, antwortete ich und lächelte nun auch. Sie war sehr gut gekleidet, ja geradezu auffallend, zumal vor dem Hintergrund der elenden Wohnblocks auf der anderen Straßenseite, der Zementfabrik und der windschiefen Kioske an der Straßenbahnhaltestelle. »Ich bin Adriana, Irinas Schwester, du warst einmal bei uns in Cluj!« Okay, ich hatte sie nur einmal und zwar vor vielen Jahren gesehen, also war es ganz normal, daß ich mich nicht an sie erinnern konnte. Ich mimte Wiedererkennensfreude, und wir wechselten ein paar banale Worte. »Warst du noch mal in

Finnland?« fragte ich, damit sie sichergehen konnte, daß ich wußte, mit wem ich sprach. »Ja, ich reise ständig hin, wir arbeiten mit einer dortigen Firma zusammen. Aber sag du, was hast du noch so gemacht? Wie geht es dir? Ich höre immer mal wieder, daß etwas von dir erschienen ist, aber wenn man soviel zu tun hat, also ich tu mich da in letzter Zeit ein bißchen schwer mit dem Lesen … Aber Irina kauft alle deine Bücher, in Erinnerung an die alten Zeiten …« Ich vermied es eine Weile, sie zu fragen, aber schließlich spürte ich, daß es unvermeidlich war. »Was macht Irina?« Worauf die vollkommen, ja vollkommen unbekannte Frau vor mir sich in einem naiven Jubilieren öffnete: es war klar, ihre Schwester war der Stolz der Familie. »Oh, der geht es gut, seit ein paar Jahren lebt sie in Brüssel, ihr Mann ist ein großes Tier, Mitglied im Europäischen Parlament …« »Nun ja, so wird Geschichte geschrieben«, ging mir plötzlich durch den Kopf. Noch zwei, drei Sätze, »laß uns in Verbindung bleiben« (was für eine Verbindung?), »hat mich wirklich gefreut, daß wir uns wiedergesehen haben«, und der Mann hinter dem Steuer streckte sich, um ihr die Wagentür zu öffnen. Dann schloß sich der Raum um das verschwindende Auto, wie man ein Modejournal mit makellos fotografierten Gegenständen schließt. Zurück blieben die nassen und heruntergekommenen Wohnblocks, die Löcher im Asphalt und die schlechtgekleideten und krank aussehenden Menschen an der Kreuzung.

Ich hatte vergessen, zu welchem Notariat oder Rechtsanwaltsbüro ich gehen wollte, welche Eintragung ich vornehmen lassen wollte, und irrte etwa eine halbe Stunde durch jene Gegend einer schwarzen Utopie. Irina im Europäischen Parlament? Eine große Dame in Brüssel? Die Frau eines hohen Beamten? Dabei hatte ich aus Mitgefühl gezögert, ihre Schwester nach ihr zu fragen, um sie nicht in eine peinliche Situation zu bringen. Irina hatte ich mir in all den Jahren immer als verkommen, möglicherweise als Alkoholikerin vorgestellt, jedenfalls gejagt und gepeinigt von einer nicht zu verdrängenden Vergangenheit. Vielleicht eine Taschendiebin wie jene, die in den Straßenbahnen so entsetzlich stinken … Dann begriff ich, daß es genau so sein mußte, daß das Leben, das mir vor ein paar Jahren eine beinahe fertige Geschichte geschenkt hatte, mir nun auch das selbstverständliche Ende anbot, ja möglicherweise sogar das zwangsläufige Ende. Ich bin kein »realistischer« Schriftsteller, auch kein »Inhaltist«, und deshalb habe ich immer gezögert, die drei, vier tatsächlich interessanten Dinge, deren Zeuge ich irgendwann einmal gewesen bin, zu erzählen. Heute aber, sieh an, heute finde ich ein bißchen Ruhe (ach wo, nicht innere Ruhe, schlicht und einfach Ruhe, Einsamkeit im allerkonkretesten Sinne – die Tür meines Arbeitszimmers ist geschlossen, der Kleine schläft ruhig in seinem Bettchen in einem anderen Zimmer, die Große macht irgend etwas im Speisezimmer …), um an Irina zu denken, die »meine erste Frau« war und ein verstörendes Rätsel. Das beklagenswerte Rätsel beklagenswerter Zeiten.

Ich war Philologiestudent, ein Graphomane, ausgeflippt, Dichter bis in die Zahnspitzen (jedenfalls in meiner Vorstellung) und trotzdem blaß, klein, tot vor Schwäche, so daß der einzige Teil der Menschheit, der mich interessierte, die Mädchen, durch mich hindurchschaute wie durch Fensterglas. Ich lebte in grauenhafter Einsamkeit. Selbst als ich, da ich zu den Literaturzirkeln ging, eine gewisse literarische Bekanntheit erlangt hatte, war es mir nicht gelungen, die Aufmerksamkeit irgendeiner meiner Kommilitoninnen auf mich zu lenken. Das konnte ich nicht verstehen. Meine groteskesten Freunde, die blödesten Kerle gaben an mit ihrem ausufernden Sexualleben, erzählten sich bei den »Tees« in allen Einzelheiten, was sich so zugetragen hatte auf ihrer »Fickstation«, wie sie die Sofas in ihren Mansarden oder Souterrainzimmerchen nannten, in denen sie hausten. Ich aber zählte 23 Jahre, und auf meiner »Fickstation« hatte sich noch keine Frau eingefunden ... So daß ich im Frühjahr '79, als ich zum Eminescu-Kolloquium nach Cluj reiste, einen Augenblick lang meinte, endlich den lieben Gott am Bein erwischt zu haben. Dort traf ich ein weibliches Wesen, das mir ein paar vage Sympathiebekundungen zukommen ließ. Sie war etwa vier Jahre älter als ich, hatte schon Examen gemacht und war in eine siebenbürgische Kleinstadt verschickt worden. Sie hatte Englisch und Rumänisch studiert, war häßlich, schlampig, und wenn sie ging, schien sie bei jedem Schritt über die eigenen Füße zu stolpern. Alles, was sie trug, sah aus, wie mit der Heugabel übergeworfen. Von Anfang an fühlten wir uns wohl miteinander: zwei Verrückte, zwei Phantasten. Ich sprach nur in Zitaten meiner Lieblingsautoren, sie nur ironisch und in Parabeln, so daß wir mitunter bei unseren langen und blitzgescheiten Gesprächen in den Straßen von Cluj erst allmählich begriffen, daß jeder von uns von etwas anderem sprach, als der andere meinte. Plötzlich blieb sie bei einer Straßenlaterne stehen und fragte mich: »Glaubst du nicht, daß dieses ganze Cluj nichts anderes ist als ein Spiel unseres Verstandes? Ein Traum, aus dem wir alsbald erwachen müssen?« Selbst ich habe das idiotisch Angelesene dieses Satzes erkannt und ihr sarkastisch geantwortet: »Glaubst du nicht, daß Borges etwas Ähnliches über Buenos Aires gesagt hat?« »Nein, nein, ich glaube tatsächlich daran. Ich glaube tatsächlich, daß überhaupt nichts zählt, daß alles von uns geträumt wird oder der Traum eines anderen ist, der von uns träumt …« Ich konnte sie nicht aus ihren Extravaganzen herausholen. Beim Kolloquium habe ich eine Arbeit vorgetragen, von der niemand etwas verstanden hat. Danach habe ich sie mit Irina besprochen, wir saßen alleine in einem Zugabteil und tranken Wodka aus zwei Orangenschalen-Halbkugeln. Ich war sehr überrascht: sie hatte verstanden. Ebenso überrascht war ich, daß sie sich küssen ließ, daß sie mir sogar noch mehr erlaubte … Aber nicht sehr viel mehr.

Wieder zu Hause, begannen Briefe von ihr einzutreffen, etwa einer in zwei Wochen. Rein intellektuelle Briefe, ohne Abschweifungen. Was sie gelesen hatte und was sie übersetzte … Nabokov gefiel ihr und D. H. Lawrence, sie las die amerikanischen Postmodernen im Original, hatte eine Leidenschaft für Robert Coover entwickelt. Zweifellos verfügte sie über kritisches Talent, ihre Kommentare waren nicht jedem geläufig, erst gegen Ende ihrer Briefe insinuierte sie darin eine sehr reine Zärtlichkeit. Sie endete stets mit »Good night, sweet prince!«. Ich aber hatte mich mittlerweile in eine Kommilitonin in Bukarest verliebt, und die Geschichte mit Irina verlor allmählich ihre Konturen. Aber ich hatte Pech. Auch die betreffende Kommilitonin war noch Jungfrau und hatte sich fest vorgenommen, dies noch etliche Jahre zu bleiben. Wir knutschten uns wie die Irren durch die Eingangshallen alter Häuser, aber meine Agenda blieb nach wie vor blütenrein, dabei, Herrgott noch mal, wurde ich mittlerweile vierundzwanzig! Ich begann, als eine Art Kompensation höchst erotisierte Liebesgedichte zu schreiben. Ein schwacher Trost. Und trotz meiner absolut realen Liebe zu der betreffenden Kommilitonin wäre ich mit jeder, selbst mit einer alten Schachtel, ins Bett gegangen! Zumal für mich jede Frau jenseits der Dreißig eine »alte Schachtel« war. So daß meine Hoffnung aufs neue aufkeimte, als ich Irina im Jahr darauf abermals in Cluj, bei einem Poesiefestival im Rahmen von »Preis Dir, Rumänien«, wiedertraf. Ich sah sie von weitem, sie befand sich inmitten einer Gruppe von Leuten, die vor dem Eingang des legendären Arizona (eigentlich eine ordinäre Spelunke) warteten. Als sie auf mich zukam, wirkte sie weggetretener als sonst. Nun trug sie kürzere Haare, die ihr stumpf neben den Wangen herabhingen. Jedesmal, wenn ich sie nach einiger Zeit wiedersah, frappierte mich ihre Häßlichkeit: schmale und trockene Lippen, eine zu krumme Nase, pergamentartige Gesichtshaut … Die Augen verrieten eine wache Intelligenz, aber auch etwas anderes: eine Art romantischer Verrücktheit, Gleichgültigkeit gegenüber allem, was sie umgab. Als sie mich zu sich nach Hause einlud, spürte ich plötzlich, wie die Hormone in meiner Leistengegend zu arbeiten begannen: Schluß, addio Kindheit, »this time nothing can go wrong«! Aber es kam nicht so. Denn bei Irina zu Hause war auch Adriana, ihre Schwester, die eben frisch aus Finnland zurückgekehrt war, und wir verbrachten den ganzen unglückseligen Abend damit, uns in den extrem umfangreichen Fotoalben finnische Sonnenuntergänge anzuschauen, finnische Tannen, finnische Rentiere, Sibelius und Berzelius und Teufelius und Scheißelius … Stunde um Stunde in der Erwartung, daß Adriana endlich geht und das Vergnügen beginnt, aber schließlich bin ich gegangen, fühlte mich gedemütigt, war wütend, und so verging noch ein Jahr. Mein einziger Trost, aber auch dieser war eher schwach, bestand darin, daß in einem Buch, das ich damals las, *Das Genie und die Göttin*, Aldous Huxley erzählte, er sei bis zu seinem 26. Lebensjahr Jüngling gewesen. Sieh an, es ging also noch schlimmer. Ich aber hatte mir geschworen, daß ich es nicht soweit kommen lassen wolle. Lieber tot als entehrt …

Heute aber denke ich, es wäre besser gewesen, ich hätte noch eine Runde Kindheit eingelegt. Denn der unglückselige Nachmittag, an dem ich »zum Mann wurde«, gehört auch heute noch zu meinen peinlichsten und abstoßendsten Erinnerungen. Irina hatte mich angerufen und mitgeteilt, daß sie in Bukarest war, sogar in Bukarest wohnte (Wie das? Und ihre Schule in Siebenbürgen? Hatte sie sich versetzen lassen? Und selbst wenn, was hatte sie in Bukarest zu suchen?) und mich in einer für sie sehr wichtigen Angelegenheit sprechen wollte. Ich fuhr mit der Metro, bis mir übel wurde, beinahe bis zur Straße der Vaterlandsverteidiger, fand den Wohnblock, stieg im Höllengestank die Treppe hoch, betrat eine Einzimmerwohnung, in der es intensiv nach einem Fleisch-und-Gemüse-Ragout roch, und küßte Irina, die den gleichen Geruch auf den Wangen und im Haar hatte. Sie trug einen geblümten Morgenmantel. Ich wollte nichts essen, mußte mein

Sexproblem lösen. In schlecht gespielter Femme-fatale-Manier legte sie ein Handtuch aufs Bett und beschwerte es mit ihrem Hintern. Ich legte mich neben sie. Die große Überraschung, mit Bedacht so eingerichtet, sie trug darunter kein Höschen ... Noch ein bißchen Plackerei, und ich war ein Mann, aber statt des Glücks und der Erleichterung, die ich mir vorgestellt hatte, spürte ich nichts als ein starkes Ekelgefühl wegen des Ragoutgestanks, Wut, daß ich nach kaum einem Augenblick schon fertig war, aber vor allem war ich angewidert von allem, was zu diesem Nachmittag gehörte, von der unglückseligen, übelriechenden Frau neben mir, von der kleinen Wohnung mit den schiefen Wänden, ja selbst vom Abendhimmel, der durch den Fenstervorhang transpirierte. Ich konnte nichts anderes mehr denken, als schnellstmöglich von dort abzuhauen und Irina nie mehr wiederzusehen. Sie war zu intimen Verrichtungen in der Toilette verschwunden und kam groß, Hängetitten, mit viel Mösenhaar (ich hatte mir Frauen ganz anders vorgestellt) und muskulösen Hüften in die graue Luft des Zimmers zurück. Dann schlüpfte sie in ihren Morgenrock und zündete sich eine Zigarette an.

Hier müßte sich der Ton meiner Erzählung ändern, von einer Art pathetischem Scherzo zu etwas Getragenem oder Schwermütigem übergehen, etwas sehr Düsterem. Aber jener Nachmittag erfuhr keine plötzliche Veränderung. Nur daß der Abend hereinbrach, das Zwielicht dichter und dunkler wurde. Wenn zur perfekten Kohärenz, etwa wie in einem Film, etwas fehlte (das dachte ich später), dann lag es an dem, was sie dann, noch stehend, die brennende Zigarette zwischen den Fingern, zu mir sagte: »Mircea, ich möchte dich bitten, mir in einer Sache zu helfen … Ich weiß nicht, was ich tun soll.« »Und zwar?« Ich war noch vollkommen aufgelöst von meinem Ekel. Ich wendete meine Hosen, die ich beim Ausziehen umgedreht hatte, und zog die Socken aus den Beinröhren. »Schau, ich sage es dir ganz direkt.« Aber statt mir gleich zu sagen, was zu sagen war, legte sie die Zigarette zur Hälfte auf das Fensterbrett und begann, aus einem mit Bleistift beschriebenen und aus einem Schulheft gerissenen Blatt Papier einen Aschenbecher zu improvisieren. Als sie damit fertig war, streifte sie so lange die Asche ab, bis die reine Glut frei und ohne Aschehülle hervorragte: »Man hat mir vorgeschlagen, in die Securitate einzutreten …«

Mein Verstand ist ein bißchen langsam und häufig auch auf Abwegen, so daß ich oft den richtigen Moment verpasse. Die wichtigsten Augenblicke meines Lebens habe ich erlebt, als erlebte ich kleine Häppchen aus dem Leben eines anderen. Ebenso verhielt es sich jetzt. Vorerst drangen die Dinge noch nicht bis in die Tiefen meines Verstandes. »Und was hast du gesagt?« fragte ich gleichgültig, als erzählte man mir etwas aus einem Traum. Irina schaute mir zum ersten Mal in die Augen, und ein erschrockener Trotz lag in ihrem Blick: »Ich habe ja gesagt.« Worauf ein langes Bla-bla-bla begann, das wie eine vor dem Spiegel eingeübte Rolle klang: Statt ein Leben lang als elende Lehrerin irgendwo in der Provinz zu versauern, gehe sie doch besser an einen Ort, an dem ihre Fähigkeiten gewürdigt würden … die jungen und intelligenten Leute würden von innen heraus die Dinge verändern … sie könne ins Ausland reisen … hätte Zugang zu Bibliotheken … könnte ihre Position dazu nutzen, viel Gutes zu tun …

Ich hörte ihr nicht mehr zu. Langsam wachte ich auf. Seltsam nur, daß mir, wenn ich an die Securitate dachte, die disparatesten und unsinnigsten Dinge in den Kopf gerieten: eine lange Schlange, Hunderte Menschen in Bucur-Obor beim Bier, wo ein ziemlich nervöser Mensch herumzureden beginnt, als ein paar Zigeuner sich vorne anstellen. »Er ist bei der Securitate, ich kenne ihn«, sagte da ein älteres Männchen mit einem gewissen Respekt. »Der ist mächtig, er wird für Ordnung sorgen.« Bei mir im Block wohnten viele Securisten, als Kind hatte ich mit ihren Kindern gespielt. Ich erinnerte mich an Witze mit »Nun macht euch endlich auf die Socken, Jungs!« und an Mutters Ratschläge, nichts zu sagen, »was man nicht sagt«, weil überall die Securitate-Leute herumwuselten. Was waren die Securitate-Leute und die Securitate? Warum war es mir – wie in einem schlechten Witz – gegeben, bei einer Securistin Mann zu werden, und sei sie auch selber erst im Werden? Ich hab sie reden lassen, sie weiterhin versuchen lassen, mich (und vor allem sich selbst) davon zu überzeugen, richtig gehandelt zu haben, und sie hat ihr Plädoyer ins Leere hinein fortgesetzt, lange noch nachdem sie gemerkt hatte, daß ich nicht mehr zuhörte. Kaum daß ich ihr Gesicht noch sah. Durch die papierdünnen Wände des Blocks konnte man alles hören: die Klospülungen, die Fernsehstimmen, Musik. Als sie fertig war, zündete sie sich wieder eine Zigarette an und rauchte sie schweigend auf. Dann legte sie sich »wollüstig« an meine Seite, küßte mich »süß« und streichelte mich obszön – diesmal ohne Anführungsstriche – und wollte von vorne anfangen. Da habe ich ihre Hand beiseite geschoben und ihr wie ein Automat, und ohne etwas von der »Dramatik« des Augenblicks zu spüren, gesagt, daß sie eine Idiotin sei, daß sie ihr Leben und wahrscheinlich auch das anderer ruinieren werde und daß ich sie nicht mehr zu kennen wünsche, wenn sie den Schritt tut. Was wollte sie schließlich noch von mir, wenn sie das Angebot schon angenommen hatte? »Aber ich hatte doch niemanden, Mircea, mit dem ich mich hätte beraten können. Hier kenne ich keinen, ich habe keinen Nächsten ... Ich mußte es jemandem sagen, dem ich vertrauen kann ...« Als ich aufbrach, war schon finstere Nacht, und ich bin zu Fuß, durch Pfützen, Dreck und Gestein, von den wachsamen Milizleuten argwöhnisch beäugt, nach Hause gegangen. Erst zu Hause in meinem Bett begriff ich den Wahnsinn jenes Abends. »Die blöde Kuh«, sagte ich mir, doch seltsamerweise fühlte ich mich wie ein Idiot, wie jemand, der eben einen großen Blödsinn gemacht hatte ... Mit vom Tabaksrauch schwerem Kopf schlief ich ein, entschlossen, alles zu vergessen.

Danach lief es besser mit meiner sexuellen Agenda. Bis zu meinem 26. Geburtstag, dem Schicksalsalter Huxleys, konnte ich noch weitere vier Namen mit Feuerlettern darin eintragen. In dieser Hinsicht nun einigermaßen beruhigt, begann ich damit, philosophischere Gedichte zu schreiben. Einige Monate nach dem »Abend meiner Mannbarkeit« rief mich spätnachts eine verzweifelte Irina an. Sie weinte und schrie in den Hörer. Ob sie gesoffen hatte? Ich hatte sie nie als Säuferin erlebt. Ich versuchte, ihre mehr als verwirrten Reden in einen kohärenten Zusammenhang zu bringen. Sie war unter Geheimhaltung in einem Heim des Innenministeriums auf der Eforiei untergebracht. Dort wohnte sie mit zwei Kolleginnen, die »Huren sind, sie schlagen mich ständig und ziehen mich an den Haaren, Mircea!«. Man hatte ihr eine Gehirnwäsche verpaßt, Mircea, sie mußte schreckliche Dinge tun, Mircea, sie konnte nicht mehr, Mircea! Sie heulte und schluchzte ganz entsetzlich, wie ein Kind, dem Rotz und Wasser rinnt. Heute abend hatte sie es mit Mühe und Not geschafft und war zum erstbesten öffentlichen Telefon gerannt. Sie mußte abhauen, egal wohin, mußte sich verstecken! »Komm zu mir«, rief ich in den Hörer, aber sie hatte plötzlich aufgelegt. Dann habe ich den ganzen Abend vergeblich auf sie gewartet.

In den folgenden Jahren nahmen die Dinge eine schlechte Wendung. Das Frieren und die Verelendung hatten begonnen. Die Securitate, bis dahin für die Leute eher ein Anlaß, Witze zu reißen, wurde zu einer Art angsteinflößendem Mythos. Die Angst breitete sich mit der nicht einzudämmenden Macht einer Psychose aus. Damals dachte ich immer öfter an Irina. Was mochte die Unglückselige tun? Ob sie einen ihrer schwachsinnigen Aufträge hatte? Ob sie gar ein Instrument des Terrors geworden war? Sie, die nicht an die Wirklichkeit glaubte, sie, die Nabokov liebte! Von einem gewissen Zeitpunkt an, nach einer langen Pause, begann sie mich wieder anzurufen. Immer spät in der Nacht und immer auch, um mich um Geld anzupumpen. Eine stets schriller werdende, immer verrücktere Stimme. Wahrscheinlich war sie meistens betrunken. Ich konnte ihr nichts leihen, denn ich war arm wie eine Kirchenmaus, aber ich fragte sie jedesmal, wie es um sie stand. »Ich kann dir nichts sagen«, antwortete sie dann und legte auf. Wie alle Männer, die in schlaflosen Nächten die lange oder eher kurze Liste der Frauen, die sie je gehabt hatten, fein säuberlich Revue passieren lassen und sich dabei vergegenwärtigen, was sie mit jeder einzelnen gemacht hatten, konnte ich sie, die, wie auch immer man es betrachtete, die Nummer eins gewesen war und dies auch bleiben würde, unabhängig davon, wie lang die Liste noch werden sollte, nicht vergessen. Trotz ihrer grotesken Entscheidung oder vielleicht gerade deswegen empfand ich sehr viel Zärtlichkeit und Mitgefühl für sie. Ich hätte mich jederzeit mit Irina getroffen, um ihr zu helfen, entgegen allen Risiken. Ich wußte, daß sie mir nichts Böses tun würde. Aber so ab '86 haben auch die Anrufe aufgehört. Irina war auf den Grund hinabgesunken, und ich dachte, das sei es nun für immer gewesen.

Aber ich sollte sie unter Umständen wiedersehen, die ich mir damals überhaupt nicht hätte vorstellen können. Einige Wochen nach der Revolution saß ich mit meinen Freunden Nedelciu und Hanibal in meinem Kämmerchen im zweiten Stock des Schriftstellerverbands, wo ich mein Angestelltenbüro hatte. Ich war für die Stipendiatenhäuser zuständig, doch weil mein Dienst nur ein paar Monate dauerte, vom Herbst bis zum nächsten Frühling, habe ich schlicht und einfach die ganze Zeit gefaulenzt. Ja, ich habe es sogar fertiggebracht, das Büro in Brand zu stecken, indem ich eines Abends den Ofen habe brennen lassen. So daß nun das Türfenster zerbrochen, der Ofen schwarz und zwei Parkettreihen verkohlt waren. Wir redeten über unsere Zeitung *Contrapunct*, als ich auf der schmalen und steilen Holztreppe Schrittgetrappel hörte. Ich konnte es kaum glauben, als ich, geschmolzenen Schnee im Haar, die weiße, pelzgefütterte Wildlederjacke schneebedeckt, eine Frau erblickte, in der ich mit einiger Mühe Irina erkannte. Ihr breites Siebenbürginnengesicht war exzessiv geschminkt. Das Haar trug sie noch kürzer, mit lächerlich anmutenden Ponyfransen über den vom Lidschatten verkleisterten Augen. Da nun unser Ofen wieder mit aller Kraft brummte, verwandelte sich der Schnee, bis dahin lockerer Flaum, unversehens in kleine Rinnsale. Die Frau sah nun wie eine nasse Katze aus, und in den paar Minuten, die sie bei uns blieb, war sie auch so nervös wie eine Katze. Sie redete wirres Zeug, beinahe schizophren. Meine Freunde sahen sie an und grinsten sich verstohlen zu. Ich ging mit ihr hinaus, »denn hier kann ich nicht mit dir sprechen«. Wir gingen die Nuferilor hinunter bis zum Athenäum. Es schneite in dichten kleinen Flocken. Dort, im Park vor dem Athenäum, die Eminescu-Statue war eingeschneit, redeten wir miteinander. Um uns herum glänzte es weiß. Sie sagte, daß sie Angst habe, verzweifelt sei. Sich verfolgt fühle. (»Ich war 1987 in Braşov mit verwickelt ...«)* Daß sie mit niemandem reden könne, bloß im Freien könne sie sprechen. Sie appellierte an unsere alte Freundschaft, damit ich ihr eine Beschäftigung suchte, einen Ort, an dem man sie vergessen würde. »Du arbeitest jetzt beim Verband. Könnte ich dort nicht auch irgendwo etwas sein? Ich kann Simultanübersetzungen machen, Sekretariat, Korrektur, ich

* Am 15. November 1987 gab es in Braşov (dt. Kronstadt) eine Protestdemonstration, an der mehrere tausend Menschen teilnahmen. Securitate und Miliz lösten sie gewaltsam auf. In den Tagen danach wurden bis zu 300 Teilnehmer verhaftet. (A. d.Ü.)

mache alles, absolut alles ...« Ich aber redete blödsinnig-moralisch auf sie ein: »Siehst du, Irina? Ich habe dir von Anfang an gesagt, daß du eine Dummheit gemacht hast. Nun sieh dich an. Was ist aus deinem Talent geworden, aus all dem, was du einmal machen wolltest?« Ich erwartete, daß sie das Kinn sinken lassen und zu weinen beginnen würde, demütig und zerknirscht, doch plötzlich warf sie mir einen ironischen und überheblichen Blick zu, als wollte sie sagen: »Weißt du was, laß diesen Mist bleiben ...« Es war, als hätte unter der umständehalber gebotenen Verzweiflung noch eine große dunkle Kraft fortgewirkt. Gleich darauf aber verfiel sie wieder in den weinerlichen Tonfall von vordem: »Was meinst du, wirst du ein Wort für mich einlegen? Darf ich auf etwas hoffen?« Ich erklärte ihr, daß ich ein armseliger Angestellter sei, der seit zwei Monaten dort beschäftigt war und keine Beziehungen zu irgend jemandem in der Leitung unterhielt. Es war die reine Wahrheit. Sie sagte nichts. Wir gingen noch ein paar Schritte und verabschiedeten uns. Ich kehrte in das überheizte Kämmerchen zurück. »Wer war die Braut?« fragte Hanibal. »Eine Braut ...«

Bald ging ich auch vom Verband weg und zu den *Kritischen Heften*. Mit denen habe ich mich zerstritten und wurde Assistent bei den Literaturwissenschaftlern. Elf Jahre lang, in denen sich mein Leben bereicherte und komplizierter wurde, hatte ich eher weniger Gelegenheiten, mich an Irina zu erinnern. Trotzdem dachte ich in den langen Nächten auf dem Universitätsplatz an sie, als ich mit weiteren Zehntausenden, die zum Balkon der Geologen hochschauten, bis zur Heiserkeit skandierte: »Securitate in die Produktion / produziert für alle Strom!«; und bei jedem Überfall der Bergarbeiter dachte ich wieder an sie. Zu meinen eher etwas nebulösen Projekten gehörte auch die stets gegenwärtig gebliebene Absicht, etwas über sie zu schreiben. Nabokov, der in die Ereignisse in Braşov verwickelt war, dachte ich. Nabokov in Braşov. Robert Coover, der in Berevoieşti Securitate-Akten verbrennt. D.H. Lawrence, wie er die Intellektuellen dämonisiert. Und die schreckliche, monströse, erdrückende Securitate, die mir jeden Abend »Good night, sweet prince …« wünscht.

Seltsam, die wenigen Male, da ich sie im Gedächtnis sehe, begegnet mir Irina weder in ihrem mit Landschaftsbildern aus Finnland überladenen Haus noch in der heruntergekommenen Einzimmerwohnung in der Straße der Vaterlandsverteidiger, noch im Winterlicht beim Athenäum, sondern so, wie ich sie zum ersten Mal gesehen habe, als wir beide durch die Straßen von Cluj stromerten und über literarische und metaphysische Themen redeten. Ich sehe, wie sie ungelenk mit ihren hochhackigen Schuhen auftritt und aussieht, als hätte man ihre Silhouette zufällig mit dem Radiergummi bearbeitet. Eben, da ich diese Zeilen niederschreibe, höre ich deutlich, wie sie, während wir an den farbigen Fassaden und den Toren der siebenbürgischen Stadt vorbeigehen, sagt: »Glaubst du nicht, daß diese ganze Stadt ein Spiel unseres Verstandes ist? Weißt du, für mich zählt überhaupt nichts, nichts existiert wirklich …«

Der Abend bricht herein

Vor vielen Jahren habe ich einen denkwürdigen Abend erlebt. Mein Leben ist nicht sehr ereignisreich, und die interessantesten Begebenheiten, an die ich mich erinnern kann, habe ich in meinen Büchern schon maximal ausgebeutet. Trotzdem gibt es einige, über die ich aus unterschiedlichen Gründen noch nicht habe schreiben können, denn auch wenn man Schriftsteller ist, hat man lediglich theoretisch »alles zu verkaufen«. In Wirklichkeit veranlassen mich tausend Skrupel und sonstige Hemmungen, eine anscheinend unbedeutende Tatsache zu meiden, die (und dies beweisen eben deine Skrupel) einen Tunnel zu den verletzlichen Schichten deines Selbst bilden könnte. Wir sind nicht das soziale Interface, das wir »unsere Persönlichkeit« nennen: Irgend jemand in ihrem Inneren, eine unvergleichlich umfassendere Wesenheit, kontrolliert, moduliert, zensuriert häufig die Gedanken und Handlungen.

Am Nachmittag jenes Tages hatte ich im Centre Pompidou eine große André-Breton-Ausstellung gesehen, die als Vorwand gedient hatte, eine surrealistische Bilderflut zu inszenieren, wie man sie ganz selten nur an einem Ort zu sehen bekommt. Die Freunde, bei denen ich wohnte, hatten mich begleitet, ein junges, in mehrfacher Hinsicht gemischtes Paar, denn es vereinte zwei Rassen, zwei Religionen und zwei Künste, aber insbesondere zwei extrem kontrastierende Physiognomien. Ihr Gesicht hatte ich in der Spiegelung irgendeines Delvaux betrachtet, dabei hatte sie ausgesehen, als käme sie eben von dort her, umgeben von blonden nackten Frauen, die an irgendeinem verlassenen Bahnhof (auf wen wohl?) warteten. Sie sah genauso aus, lediglich das schier gewaltsam im Nacken gekappte Haar unterschied sie. Und selbstverständlich ihre Kleidung, darunter das großartige schwarze Herrenhemd, in dem ich sie in der Woche, die ich bei ihnen wohnte, am häufigsten gesehen hatte. Wie diese Hermannstädter Rumänin den Algerier gefunden hatte, mit dem sie zusammenlebte, weiß ich bis heute nicht. Meine Beziehung zu ihnen war selbstverständlich durch sie, das heißt durch eine gemeinsame Freundin, ebenfalls Musikerin, zustande gekommen. Er war ein Berber und stolz auf seine Herkunft, was er durch eine Samtmütze anzuzeigen wußte, die in Tönen von Weichselrot spielte und mit blauem Atlas gefüttert war und von der er sich niemals trennte. Ansonsten war er wie sie, unternehmungslustig, unbekümmert und ziemlich faul ... Schwer zu sagen, wovon er lebte. Denn ich bezweifle sehr, daß es die Schauspielerei war, wie er vorgab: Ich glaube nicht, daß man in jenen Tagen in Paris besonders häufig Othello spielte – die einzige Rolle, in der ich ihn mir einigermaßen überzeugend vorzustellen vermochte ... Von der ganzen Ausstellung ist mir nur ein einziges Bild in der Erinnerung haftengeblieben. Ich bin wahrscheinlich verrückt: manchmal liebe ich ein Bild dermaßen, daß ich ins Museum einbrechen und mit dem Bild abhauen könnte. Es war »Le soir qui tombe« von Magritte: ein zerbrochenes Fenster, darunter waren längliche Glasscherben arrangiert, in denen sich die Abendsonne in verschiedenen Winkeln brach …

Dann gingen wir hinaus in die betriebsam belebte Stadt (es war zur Saison, wenn Paris nach Pisse und Langusten riecht), wir durchstöberten zwei *Tatis*, aßen ziemlich früh im Restaurant »Le Levant« zu Abend (dies war ein Überraschungsgeschenk meiner Gastgeber, denn in Rumänien war eben mein Buch *Levantul* erschienen), ja sie fotografierten mich sogar unter dem großen gelben Firmenschild, und nach geglückter Irrfahrt im Labyrinth der Metro kamen wir zu Hause an, wo der Abend schon lange zum Fenster hereinschaute …

Immer wieder habe ich mich gefragt, ob ich in dieser Nacht meine Frau betrogen habe. Ich weiß es auch heute noch nicht. Jetzt aber kümmert es mich weitaus weniger als damals, am nächsten Tag, als ich im Flugzeug nach Bukarest saß, oder im Flughafengebäude, als ich meine Frau umarmte. Besonders in der dann folgenden Nacht, als ich mit ihr schlief und mir dabei alles noch einmal vergegenwärtigte, so daß ich beinahe zu weinen begonnen habe. Ich war kurz davor, ihr alles, was (nicht) geschehen war, zu erzählen, doch plötzlich fiel mir – obwohl es nicht das gleiche war – die Erzählung von Cortázar ein, in der ein Paar (ein Mann und eine Frau, die sich liebten) eine alte Phantasie in die Tat umsetzt: Sie reisen ans Meer und schlafen im gegenseitigen Einvernehmen in der gleichen Nacht mit je einer unbekannten Person. Weder am nächsten Tag noch irgendwann sonst sprechen sie darüber, aber sie können es nicht vergessen, und ihre Beziehung geht allmählich vor die Hunde …

Die beiden hatten den letzten Abend bei ihnen ausgesucht, vielleicht hatten sie vorher schon darüber gesprochen. Möglicherweise hatten sie alles in den Nächten davor ausgeheckt, sich im Dunkeln gestreichelt und alles herbeiphantasiert. Vielleicht aber taten sie es regelmäßig, vielleicht machten es dort viele regelmäßig. An jenem Juliabend hatte ich sehr viel Grappa getrunken, so daß ich nicht merkte, daß sie nicht wie gewöhnlich die tief über den Tisch herabhängende Lampe eingeschaltet hatten. Und auch lange danach merkte ich noch nichts, als wir unsere Gläser nahmen und ins Schlafzimmer gingen, einen Raum, den ich bis dahin nur durch den Türspalt hatte sehen können: eine Ecke des Bettes mit blau und gelb kariertem Bezug, der stets zerwühlt war. Aber wir diskutierten weiter über Resnais, Brassens und Bernard Buffet, und erst als sie (einen Augenblick lang war ich versucht, ihren wirklichen Namen zu nennen) immer noch über irgendeinen Choreographen redete und dabei ihre Bluse öffnete und die Höfe ihrer Brustwarzen zur Schau stellte, begriff ich, was geschah. Der Algerier wandte sich zu mir und fragte, ob ich nicht mit ihm zusammen seine Frau lieben wolle. Er muß die Antwort für selbstverständlich gehalten haben, denn er wartete sie gar nicht erst ab. Er zog ihr die Bluse ganz aus, legte sie aufs Bett und sich daneben, wobei er seine Hand unter ihren kurzen Rock steckte. Benommen, wie ich sie noch nie zuvor gesehen hatte, löste sie sich von den Lippen ihres Geliebten, um mir in die Augen zu schauen und auf rumänisch zu sagen: »Komm … sei nicht blöd …«

Ich saß neben dem Bett in einem kleinen Ledersessel und hatte das Glas in der Hand – also stellte ich es auf den Fußboden –, ich konnte nicht glauben, daß mir dies in der Wirklichkeit geschah (nun ja, der Pariser Wirklichkeit, jedenfalls nicht im Traum oder in der Vorstellung), daß ich in dieser Geschichte vorkam, daß ich sah, wie dunkel und nackt der Mensch war, daß sie, wie in den Illustrierten, nur noch die schwarzen Netzstrümpfe anhatte, und vor allem, daß es reichte, zu wollen, um an der schwindelerregenden, wunderbaren Sexnacht teilzunehmen, die sich eben entspann. Was sollte ich tun? Ich konnte nicht länger über die Folgen nachdenken, denn ich hatte vor Erregung zu zittern begonnen. Ich glaube, alles wäre hin gewesen, hätte ich nur einen Hemdknopf geöffnet oder die geringste Geste des Einverständnisses gemacht. Aber ich mußte nichts entscheiden. An meiner Stelle entschied das große Wesen hinter meinem Selbst, von dem ich schon gesprochen habe, es war das gleiche, das mich in den erotischen Träumen seit einem Jahr, seitdem ich geheiratet hatte, daran hinderte, meine Frau zu betrügen; ja, sogar dort in den Träumen! Wenn ich die fabelhafte, warme, begehrende, in nichts als ihr rotbraunes Haar gehüllte Frau im Traum umarmte, wir uns in unserer Nacktheit betrachteten und kurz davor waren, die leidenschaftlichsten Liebeshandlungen zu vollziehen, geschah immer etwas: Die Tür ging auf, und eine Menge Leute kamen herein, der Kopf fiel mir von den Schultern, oder ich schaute genauer zwischen ihre Beine und sah plötzlich, daß sie dort glatt war wie eine Puppe, noch schlimmer, daß sie ein Mann war! Solange ich meine Frau liebte, konnte ich sie buchstäblich nicht betrügen, nicht einmal im Traum, worüber ich oft an den Rand der Verzweiflung geriet …

Ich konnte mich nicht beteiligen. Aber ich blieb dort

im Bernsteinlicht der mit einem Seidenunterhemd bedeckten Lampe stundenlang sitzen und schaute lüstern zu, was sich in jenem Bett abspielte, dabei wußte ich nicht, wem ich für dieses merkwürdig verdunkelte Geschenk, das mir hier zuteil wurde, zu danken hatte. Ich sah, wie sie absichtlich die unterwürfigsten Stellungen wählte, sah, wie sie mir kniend voller Trotz in die Augen schaute, während sie die süßesten Qualen litt, sah, wie sie mich bat, näher an ihren Mund mit den vor Begehren bebenden Lippen heranzukommen. Ich sah die Spuren der Fingernägel, die purpurn auf ihrer goldglänzenden Haut erblühten. Sah einen Schweißtropfen, der in die verwirbelte Höhle ihres Nabels kroch. Ich hörte ihre rauhen und obszönen rumänischen Wörter, die sie schrie, als sie gar nichts anderes mehr tun konnte als schreien. Ich sah sie, immer noch sein Glied im Leib, auf der Seite liegen und ins Leintuch versinken wie ein Wasserfleck, der langsam auf dem glühenden Asphalt verdunstet … Schließlich sah ich, wie sie sich schwerfällig erhob und, eine Hand zwischen den triefend feuchten Schenkeln, ins Bad ging …

Als sie wiederkam, war ich nicht mehr dort.

Am nächsten Morgen fand ich sie am Küchentisch vor, wo sie wie an den sechs anderen Morgen meiner kurzen Pariser Ferien Kaffee tranken. Die gleiche Zeitung – viele Lagen waren auf dem Fußboden gelandet –, die gleichen Croissants, die gleichen eiligen Menschen, die man durch das Küchenfenster sah. Ob auch sie sich bemühten, normal zu sein, ob es ihnen letztlich gleichgültig war? Von ihr verabschiedete ich mich geschwisterlich, indem wir uns auf der Türschwelle auf die Wangen küßten (dabei dachte ich, daß ich wenige Frauen in meinem Leben derart intim kennenlernen würde), und er fuhr mich in seinem barbierosa Fiat bis nach Orly. Dort schüttelten wir uns die Hände und klopften uns auf die Schultern. Bla, bla, bla. Wenn ich mal wieder nach Paris käme, möge ich wieder zu ihnen kommen. Au revoir. Au revoir.

So verhält es sich mit diesen Dingen, sage ich mir stets. Sie geschehen oder sie geschehen nicht. Und dies hängt nicht von dir ab, sondern … Gott weiß, vielleicht von den Umständen. Ich werde nie wissen, wie diese Nacht verlaufen wäre, wenn ich mehr getrunken hätte, wenn ich meine Frau weniger geliebt hätte und, wer weiß, wenn ich nicht ein paar Stunden davor derart von Magrittes Bild paralysiert gewesen wäre, auf dem die Sonne von einer Glasscherbe in die andere fällt und sich an ihren scharfen Kanten verletzt …

Mit den Ohren auf dem Rücken

Die nun folgende Geschichte ist tief vergraben in der Zeit. Ich war damals sechsundzwanzig Jahre alt und glaubte aufrichtig, noch niemals in meinem Leben etwas Böses getan zu haben. Viel trauriger aber ist, daß ich noch zehn Jahre länger von dieser Stupidität überzeugt war, was lediglich beweist, wie schwer ich erwachsen wurde, wie mühsam ich einigermaßen zu begreifen begann, was um mich herum und mit mir geschah. Heute, da weitere zehn Jahre vergangen sind, weiß ich, daß mein Leben eigentlich eine lange Kette von Grausamkeiten, Gleichgültigkeiten, Mißverständnissen, Bosheiten der Bosheit zuliebe und Dummheiten der Dummheit zuliebe war, wie es wahrscheinlich im Leben der meisten von uns der Fall ist. Heute weiß ich, daß Erwachsensein, ein ganzer Mensch sein, nichts anderes heißt, als zu begreifen, daß man böse ist, grundsätzlich und jenseits von allem anderen. Seit einigen Jahren kann ich nachts nicht mehr schlafen und mich tagsüber nicht mehr auf meine Aufgaben konzentrieren, weil mir fortwährend lebhafte Bilder aus meiner Vergangenheit ins Bewußtsein springen, die peinlichsten, beschämendsten und schmerzlichsten Erfahrungen meines bisherigen Lebens. Einige davon sind wahrhaft unerträglich, ich überrasche mich dabei, wie ich die Augen zukneife und mit den Händen gestikuliere, als wollte ich sie abwehren, damit meine

Seele davon nicht zerschmettert werde. Nein, ich habe niemanden umgebracht, ich habe nicht vergewaltigt und niemanden ins Gefängnis gebracht. Aber das heißt nicht, daß ich nicht anderen, oftmals den allerliebsten Menschen, enorm viel Leid zugefügt habe. Niemals werde ich mir die Kälte und die Ungezogenheiten verzeihen, die ich während meiner gesamten Kindheit und Jugend meiner Mutter gegenüber an den Tag gelegt habe, ihre Tränen, wenn sie mir zu einem meiner Geburtstage eine Bluse oder ein Hemd nach ihrem Geschmack gekauft hatte und ich ihr, anstatt mich zu bedanken, sagte, daß mir die Sachen nicht gefallen und ich sie niemals tragen werde. Auch kann ich nicht vergessen, mit wieviel Sadismus und Ironie ich meine Schwester traktiert habe, als wir Kinder waren, wie despotisch ich mich den Haustieren gegenüber verhalten habe. Dies nur, um im Bereich der öffentlich einigermaßen vertretbaren Tatsachen zu bleiben, denn die anderen kann ich nicht einmal vor mir selbst bekennen.

Wir hatten einmal ein äußerst süßes Kätzchen (die Erinnerung daran quält mich wahrscheinlich am stärksten), ich sehe es auch heute noch vor meinen Augen: eine weiße schmale Brust, der Rücken in einem sich verflüchtigenden Grau gemustert, ein aufmerksames, ernstes Gesicht. Wir hatten es von der Straße aufgelesen, als es ein paar Wochen alt war. Es war in unserer Wohnung aufgewachsen. Wenn die Wohnungstür offen war, wagte es keinen Schritt hinaus. Es war, wenn ich mich recht erinnere, etwa fünf Monate alt, als es mir ein Buch oder etwas Ähnliches an einer Kante annagte, was mich vor Wut aus der Fassung geraten ließ. Ich nahm es und ging in Hausschuhen ins Treppenhaus. Dann ließ ich den Fahrstuhl kommen. Als ich mit ihm den Fahrstuhl betrat, schrie es herzzerreißend wie ein verängstigtes Kind. Was mich jedoch nicht von meinem Entschluß abbrachte. Ich ging mit ihm hinter den Wohnblock und ließ es frei. Aber es bewegte sich nicht von der Stelle, sondern blieb an meinen Fuß gelehnt stehen. Ich mußte mehrmals mit den Füßen aufstampfen, bis es schließlich unter einem geparkten Dacia Zuflucht suchte. Immer noch versteinert, ging ich in die Wohnung zurück. Ich wußte sehr wohl, daß ein Wohnungskätzchen keine Chance hatte, im Freien zu überleben, und daß es im Grunde das gleiche war, als hätte ich es eigenhändig umgebracht. Aber die Augen meines Verstandes waren damals noch nicht geöffnet. Heute weiß ich, daß eine solche Tat allein hinreicht, das Leben eines Menschen zu beflecken. Dieses Kätzchen, das ich damals wochenlang gesucht, aber nie wieder gefunden habe, steckt heute als blutender Nagel in meinem Hirn. Und wenn es bloß dies alleine gewesen wäre!

Mit sechsundzwanzig Jahren unterrichtete ich an einer Grundschule am Ende der Colentinei: Jeden Tag fuhr ich mit der 21er Straßenbahn dorthin. Ich stieg in einer niederschmetternden Umgebung aus: ein einsames verfallenes Wasserschloß, die Straßenbahnschienen bogen sich am Ende zu einer Umkehrschleife, eine Röhrenfabrik. Ich ging an einer Autoreparaturwerkstatt vorbei und gelangte zu dem heruntergekommenen, in einem schmutzigen Gelb gestrichenen Schulgebäude. Innerlich war ich genauso verwüstet. Ich hatte meine große Liebe aus der Universität verloren und litt noch schwer darunter. Die Abende waren eine Qual. Sobald sich der Himmel blutig rosa einfärbte, spürte ich, wie schubweise Wellen von Verzweiflung und Leid anbrandeten. Es war etwas Physisches, ein lokalisierbarer Schmerz mitten in der Brust. Ich konnte nicht einmal mehr atmen, verging im Unglück. So zerrann damals mein Leben: morgens in die Schule, lärmende Kinder, abends die Einsamkeit und jenes schreckliche Leiden inmitten der Brust.

Dann lernte ich Rodica kennen. Nach einer Literaturkreissitzung waren wir in einen Sommergarten gegangen, und ich hatte mich zufällig neben sie gesetzt. Sie war kein attraktives Mädchen, aber in meiner Einsamkeit spielte dies keine Rolle. Vor allem war sie sehr jung. In wenigen Tagen würde sie ihren achtzehnten Geburtstag feiern. Sie hatte das Lyzeum abgeschlossen und befand sich schon in den Ferien. Ihr Gesicht glich dem eines Teddybärs: sie war blond, hatte fast keine Wimpern und war gedrungen und kräftig. Auch redete sie merkwürdig. Nach jedem dritten Wort sagte sie ohne Sinn und Verstand: »Mit den Ohren auf dem Rücken« … Diesen Satz streute sie überall mit ein, ganz und gar unvorhersehbar. Es handelte sich wahrscheinlich um eine bei den Gymnasiasten gerade im Schwange befindliche Formel, eine Art umgangssprachlicher Betonung irgendeiner beliebigen Sprechsituation. Eben damals, auf der hellbeleuchteten Terrasse, hatte ich damit begonnen, ihr etwas über Poesie zu erklären, von meinen Ezra-Pound-Lektüren zu berichten, ich zitierte auch ein paar Verse (von den in einer Metrostation auftauchenden Gesichten), worauf sie, in ihren Bierkrug starrend, antwortete: »Ja … mit den Ohren auf dem Rücken!« Aber wir hatten uns mittlerweile angefreundet, und als sie um zwei Uhr nachts ging, begleitete ich sie noch bis zum Trolleybus, ergriff ihre feuchte dickliche Hand und schlug vor, wir sollten uns wiedersehen.

Wir sahen uns dann den ganzen nächsten Monat. Zu ihrem Geburtstagsfest, auf dem ich der einzige »Junge« war (übrigens war ich mittlerweile siebenundzwanzig geworden), waren wir zusammen unter vier, fünf Mädchen, Freundinnen von Rodica, alle infantil und häßlich. Bei der Gelegenheit lernte ich auch ihre Mutter kennen, sie war ungewöhnlich alt. Ansonsten spazierten wir endlos durch sonnige Straßen, und ich hörte zu, wie sie von den Mädchen aus ihrer ehemaligen Schulklasse palaverte ... Schon nach zwei Wochen langweilte sie mich, ich brauchte eine andere Beziehung, aber als Alternative drohten mir mein leeres Zimmer und die Abende grausamen Leidens. Also setzte ich diese Beziehung fort. Auf der Terrasse meines Wohnblocks in der Stefan-cel-Mare, von hier aus konnte man ganz Bukarest überblicken, nahm ich sie in die Arme und küßte ihr rundes, schweißglänzendes Gesicht und ihre Kinderlippen. »Mit den Ohren auf dem Rücken!« sagte sie, als sie sich aus meiner Umarmung löste. An einem der nächsten Tage, die Sonne schien, und der Himmel leuchtete, begann es plötzlich mit dicken Tropfen zu regnen, so daß wir in wenigen Minuten bis auf die Haut durchnäßt waren. Wir rannten, um unter den Arkaden des Zoia-Kosmodemianskaja-Lyzeums Zuflucht zu finden. Rodicas nassem Rock entstiegen Dunstschwaden, und da er nun transparent geworden war, konnte ich darunter – rührend genug – ihre Feinrippunterhosen sehen, deren Gummi an einer Seite verknotet war. Sie hatte mich an den Hüften gepackt und ihr weiches Bäuchlein an mich gedrückt. Ihre Haare waren so naß, als wäre sie eben unter der Dusche hervorgekommen.

Am nächsten Tag brachte sie mir ein Schwarzweißfoto von sich, »das einzige, das ich besitze«. Es war tatsächlich sie, aber nur schwer wiederzuerkennen, denn auf dem Foto mochte sie kaum zwölf Jahre alt sein. Sie hielt einen großen Plüschvogel im Arm, der wie ein Leichenträger aussah. Sie selbst schaute abwesend zu Boden. Damals war sie noch etwas fülliger und anscheinend auch schutzloser. Ich besitze jenes Foto heute noch: Wenn es auf der Welt ein Traurigkeitszentrum gibt, so befindet es sich heute wahrscheinlich in der obersten Schublade meiner Bibliothek, etwa so wie das leuchtende Aleph im Keller von Borges' Figur.

Irgendwann im Juli fuhr ich ins Banat in ein Ferienlager für junge Schriftsteller. Dort geriet ich an eine nymphomanische Dichterin, mit der ich eine peinigende Geschichte erlebte. Bis über beide Ohren landete ich im Elend der Sexualität, des Alkohols und der Eifersucht. Sie wohnte mit mir in einer kleinen Holzhütte und gab sich jedem hin, der »komm« sagte, das heißt der gesamten männlichen Population dieses Ferienlagers, Tag für Tag und Nacht für Nacht. Ich war mehr tot als lebendig, als ich von diesem Ferienaufenthalt zurückkam. Kaum wieder in der Hundstagshitze der Stadt und auf dem zerschmelzenden Asphalt angekommen, rief fröhlich und glücklich Rodica an. Sie konnte es kaum erwarten, mich wiederzusehen. Und wir trafen uns schon am nächsten Tag im Cişmigiu-Park, der von großlappigen Blattpflanzen überwuchert wurde und dessen Rasenflächen frisch gemäht waren. Wir hielten uns an der Hand und spazierten durch den

Park, als ich ihr – man frage nicht, warum – mein ganzes Abenteuer aus dem Ferienlager zu erzählen begann, alle Einzelheiten, als erzählte ich es einem Freund beim Bier. Sie hörte sich alles an, das Gesicht kalkweiß, ihre Hand in meiner, machte sie einen Schritt nach dem anderen. Dann sagte ich ihr noch, daß es keinen Sinn mehr habe, zusammen hier herumzulaufen, und daß alles vorbei sei. Wir setzten uns auf eine Bank und starrten vor uns hin. Plötzlich stand sie auf und ging.

Nach etwa zwei Wochen nahmen wir unsere Beziehung wieder auf. Ich tat es aus Langeweile. Allerdings hatte ich lange und beharrlich anrufen müssen, und es hatte seine Zeit gebraucht, bis sie wieder bereit war, mich zu treffen, aber bald war sie wieder glücklich. Sie hatte alles überwunden. Nach einem Tennismatch führte ich sie in mein Zimmer, wo wir miteinander schliefen. Für sie war es das erste Mal. Alles war unangenehm und peinlich. Ich hatte keine Spur von Zuneigung mehr zu ihr. Ein paar Tage danach sagte sie, sie habe sich unwohl gefühlt und sei bei einem Arzt gewesen. Ich glaube, irgend etwas mit dem Mineralienhaushalt in ihrem Körper war nicht in Ordnung. Ich aber hatte Angst, sie könnte schwanger sein, und sagte es ihr auch. Sie schaute mich mit einem mir bis dahin unbekannten Gesichtsausdruck an, den ich nicht zuordnen konnte. Doch das war es nicht. Erleichtert und heiter, spürte ich, daß nun der richtige Zeitpunkt gekommen war, die Beziehung noch einmal, diesmal aber endgültig zu beenden. Ich sagte ihr, daß ich sie nicht lieben könne, und daß wir früher oder später genau an diesem Punkt landen würden. Auch sagte ich, daß ich bereit wäre, mit ihr befreundet zu bleiben, all dieses Bla-bla-bla, das man in solchen Situationen eben so sagt. Ich erinnere mich noch, daß wir irgendwo neben dem Schitul Măgureanu waren und in einem kleinen Lokal Crêpes aßen. Sie hörte auf zu essen und schaute auf ihre Gabel. Als ich meine ungeschickte und verkünstelte Rede beendet hatte, schwieg sie eine Weile. Dann murmelte sie etwas nur für sich. »Was hast du gesagt?« fragte ich und sah, wie sich in ihren wimpernlosen Augen die Tränen bildeten. »Mit den Ohren auf dem Rücken ...«, flüsterte sie und zuckte mit den Schultern. Es waren die letzten Worte, die ich von Rodica gehört habe. Sie stand auf, als wollte sie den Tisch zertrümmern, und stürzte in den Bus, der gerade an der Haltestelle nebenan losfuhr.

Zweiundzwanzig Jahre lang habe ich immer mal wieder versucht, etwas über sie in Erfahrung zu bringen. Aber über das, was alle wußten, gelangte ich nicht hinaus. Daß sie nämlich sehr krank war und von jenem Sommer an das Haus nicht mehr verlassen konnte. Ganz selten begegneten mir in der einen oder anderen Kulturzeitschrift ein von ihr stammender kleiner Artikel oder ein Gedicht. Ich las sie stets mit dem Gefühl, mit dem Macbeth seine blutbefleckten Hände betrachtet haben mag.

In einem davon ist von einer kranken Frau die Rede, deren Krankheit immer schlimmer wird. Niemand weiß, was sie hat. Doch als sie nach langem Leiden stirbt und man ihr bei der Autopsie die Bauchhöhle öffnet, findet man dort eine schwere, grauglänzende Perle von der Größe einer Bowlingkugel. Die größte und schwerste Perle der Welt.

Der Papierteufel

Victor und Ingrid teilten ein Geheimnis, Victor war jedenfalls dieser Meinung. Für ihn hatte sich das Ereignis, das ihn so eng und so seltsam mit Ingrid verband, scheinbar im Traum oder in einem anderen Leben zugetragen. Manchmal hoffte er aus tiefster Seele, das Mädchen, das er liebte, möge längst alles vergessen haben. Dann wiederum wünschte er, die Erinnerung möge sie ebenso aufwühlen wie ihn, damit eine Verbindung zwischen ihnen bestehe, und sei es eine quälende, die man sich nicht eingestand. Immer wenn er abends nach den Schulstunden Ingrid nach Hause begleitete, wobei sie über Gott und die Welt palaverten und den von der Abenddämmerung entflammten Himmel betrachteten, wenn er dann ihrem Blick begegnete, versuchte Victor, im Ausdruck ihrer Augen zu ergründen, was sie wußte, woran Ingrid sich erinnerte und was ihr dies bedeutete. Sie gingen durch Straßen mit alten gelbgestrichenen Gebäuden und unregelmäßigem, unter ihren Schritten immer wieder anders klingendem Straßenbelag. Ob auch sie ihn ausspionierte, ob auch sie sich fragte, was er noch wußte? Hatte auch sie in der Tiefe ihres Verstandes ein Geheimkämmerchen, das in allen Einzelheiten identisch war mit dem in Victors Kopf? Besuchte sie es jede Nacht vor dem Einschlafen, wie er es tat? Victor hoffte wie verrückt und fürchtete sich gleichzeitig verzweifelt davor, daß eines Nachts diese beiden Kämmerchen, die einzigen, die in den Palästen ihrer Köpfe identisch waren, zu einem einzigen verschmelzen und sie sich dort – wie damals – wieder begegnen und betrachten könnten.

Beide hatten sie vor langer Zeit – im Traum oder in einem anderen Leben – in einer Villa im schönsten Viertel der Stadt gewohnt. Ständig wuselte eine Gruppe Kinder im gruftartigen Halbdunkel des inneren Treppenhauses geschäftig herum. Das spärlich vorhandene Licht reflektierte auf den mit Ölfarbe gestrichenen Wänden und zerfloß diffus auf den Kindergesichtern sowie auf den noch kleineren aus gepreßtem und glasiertem Karton der Puppen. Victor und Ingrid waren gleichaltrig, sie waren beinahe fünf Jahre alt, als sie irgendein Spiel unterbrachen, sie ihn an der Hand nahm und hinter sich herzog, die riesige Treppe hinauf. Der Junge war kaum je bis zum ersten Stock hinaufgegangen, dessen Flur ihm fern und beängstigend vorkam. Dort befand sich für ihn eines der in Nebel gehüllten Enden der Welt. Aber Ingrid schleppte ihn nun keuchend und stöhnend noch höher hinauf, zur zweiten Etage, von der das Kind bisher bloß schreckliche Legenden vernommen hatte. Ingrid hatte zwei Zöpfe, die mit Schleifchen aus einem blauen, zerschnittenen Stück Satin verknotet waren, und ein weißes Röckchen. An den Füßen trug sie Sandalen, deren Riemchen eingerissen und verstaubt waren, die Söckchen mit bunten Ferkelmotiven waren hinuntergerutscht und bedeckten das oberste Riemchen mit der Schnalle. »Komm schon«, sagte sie, »uff, wie du dich ziehen läßt!«

Der Bereich der Schatten und des Wahnsinns! Die Oberlichter im Dach verstreuten lange Lichtbündel über die verlassene Etage. Die Stille gellte in den Ohren. Ingrid lachte; ihr Gesicht hatte sich gerötet. »Jetzt spielen wir Doktor, aber das erzählst du niemandem«, sagte sie zu dem Jungen, der die riesigen Türen der dort oben Wohnenden und den Gaszähler mit seinem unverständlichen Anzeigenfeld betrachtete. Und das Mädchen zog die Unterhose aus und legte sich, das Röckchen über den Bauchnabel hochgeschlagen, auf eine grün angestrichene Holzbank, und er betrachtete das purpurfarbene Innere ihres Leibes. Sie hatte auch ihn auf die Bank genötigt, die Spielhosen heruntergelassen, doch hielt sie die Hände vors Gesicht und hatte nur einen kurzen Blick auf sein samtiges Würmchen geworfen. Dann stiegen sie wieder in die bewohnte Welt hinab, und die Zeit, das Schweigen und die Entfernung deckten alles zu.

Nun lernten sie auf dem gleichen Lyzeum, und manchmal gingen sie gemeinsam nach Hause, denn sie wohnten auch jetzt wieder im selben, wenngleich einem völlig anderen Stadtviertel als in ihrer Kindheit. Sie waren beide sechzehn Jahre alt, sie war ein klein bißchen größer als er und sehr viel schöner. Sie hatte nie zu erkennen gegeben, daß sie in dem schmalen und dunkelhäutigen Jüngling den ehemaligen Knaben aus der untergegangenen Villa wiedererkannte. Sie waren sich näher gekommen, weil sie in der Bezirksbibliothek, die den Namen eines vergessenen Dichters trug, Gedichtbände ausliehen. In den Pausen zwischen den Unterrichtsstunden, wenn seine Kollegen über Musik und Fußball redeten, saß Victor am Rande der Weitsprunggrube und las in einem Gedichtband, bis man zur nächsten Stunde wieder in den Klassenraum ging. Ingrid hatte sich eines Tages neben ihn gesetzt, so daß sie von nun an zu zweit lasen. Dann lasen sie im Park und ein paarmal auch bei ihr zu Hause in einer Wohnung voller Porzellan und Tanten. Daß das schönste Mädchen des Gymnasiums einem eher unscheinbaren und schmächtigen Schulkameraden erlaubte, sie nach Hause zu begleiten, stellte für alle (ganz besonders aber für Victor selbst) ein großes Rätsel dar. Eines Abends, als Ingrid ihm die aktuellsten Klatschgeschichten aus ihrer Klasse erzählte, begann Victor gedankenverloren ein vollgeschmiertes Blatt Papier, das er auf ihrem Schreibtisch gefunden hatte, zu falten. Das Mädchen hielt inne und folgte seinen Fingern, die mit der Geschicklichkeit eines Schamanen oder eines Insekts das Papier diagonal falteten, die Ecken umbogen, die Oberflächen glätteten. »Machst du ein Flugzeug?« fragte sie, doch nach ein paar weiteren Faltungen war klar, daß die sehr komplizierte Papierkonstruktion mit zahlreichen symmetrischen Winkeln etwas völlig anderes war, etwas beinahe Lebendiges, wie ein aus übereinanderliegenden Keimblättchen modellierter Fötus. »Was ist das?« fragte Ingrid noch einmal und betrachtete das Bündel, das Victor nun an zwei wie Beinchen aussehenden Ecken oder Enden hochhielt. Er lächelte, blies die Backen auf und pustete kräftig in das Loch am spitzen Ende des seltsamen Knäuels, das sich im Nu zu einem tintenverschmierten Teufelsgesicht mit spitzen Hörnern und hämischem Mund und einer rasierklingenscharfen, daraus heraushängenden Zunge aufblähte. Ingrid hatte sich rücklings aufs Bett geworfen, auf dem sie gesessen hatte, sie lachte, daß ihr die Tränen kamen, ihr ganzer Körper bebte in einer verrückten Heiterkeit. Von nun an machte der Junge ihr jeden Tag einen Papierteufel, den er in den Pausen, auf dem Nachhauseweg, in ihrem Zimmer, ja sogar im Kino, wo sie zweimal zusammen waren, zu ihrer stets gleichen Freude aufpustete. Es waren Teufel in allen Größen, von winzig kleinen, die man kaum sehen konnte, bis hin zu kindskopfgroßen Fratzen mit frechen Hörnern, lang wie Küchenmesser. Auf jedes Blatt Papier hatte Victor – allerdings darauf achtend, daß die beschriftete Seite beim Aufpusten innen war – »Ich liebe dich, Ingrid!« geschrieben.

Das Jahr ging auf den Winter zu, einen schweren und langen Winter, da der Schnee kein Ende nehmen wollte. Um fünf Uhr war es schon dunkel, die Dämmerung leuchtete nostalgisch in einem tiefen, zarten Blau. An solch einem Abend, vor den Fenstern schneite es heftig, unterbrach Ingrid plötzlich ihr Geplapper. Sie schwiegen beide recht lange, dann aber legte das Mädchen sich aufs Bett, hob den Rock hoch und sagte »Komm!« zu Victor. Und Victor, ebenso verängstigt wie damals, sah aufs neue dieses Purpurlicht, das einem schmalen Spalt im Körper des Mädchens entwich, als bestünde sein gesamtes Inneres aus geschmolzenem Purpur. »Erinnerst du dich?« flüsterte Ingrid. »Nun will ich es auch sehen.« Zig Papierteufelchen, im gedämpften Licht der Nachttischlampe durchscheinend geworden, schauten lüstern vom runden Tisch, auf dem sie ihrer Größe nach angeordnet und deponiert worden waren, auf die nackten Leiber, die sich auf den Leintüchern umarmten.

Victor und Ingrid waren nun »offiziell« Freunde. In den Pausen trafen sie sich auf dem Flur neben einem Heizkörper und hielten sich an der Hand, ohne sich darum zu scheren, was ihre Schulkameraden sagten. Heimwärts überwanden sie die Winterstürme gemeinsam. Sie suchten kleine windgeschützte Plätze auf, an denen es still zum Licht einer einzigen Straßenlaterne vor sich hin schneite. An eine alte Hausfassade gelehnt, küßten sie sich verzweifelt, sie gingen in dunkle Hauseingänge, knöpften die dicken Winterjacken auf und ließen ihre Finger, die sich immer weiter unter den Kleidern vorantasteten, die heiße Haut spüren, nach der sie so lechzten, die Feuchtigkeit und die Süße und die Intimität der jugendlichen Körper. Sie hatten nun nicht mehr den ganzen Winter für ihre Liebe: In Ingrids Wohnung schienen sich die Tanten wie das Porzellan von einer Woche auf die nächste zu vermehren.

In den Winterferien fuhr Ingrid an einen Ferienort in den Bergen. Er bekam von ihr einen einzigen Brief, der an ihrem ersten Tag in den Bergen geschrieben worden war. Das Mädchen war schon auf der Skipiste gewesen und beschrieb den in der Sonne glänzenden Schnee, der bei ihrer stürmischen Abfahrt zur Seite stob. Sie hatte einen kolossalen Lehrer, einen echten Champion, und sympathische Kolleginnen. Am Ende des Briefes küßte Ingrid ihn und konnte es kaum erwarten, ihn wiederzusehen. Victor schnürte sich das Herz zusammen, als er den Brief las. Er war nie Ski fahren gewesen. Hatte auch nie getanzt. Und besaß niemals Geld. Er konnte sich keine Zukunft mit Ingrid vorstellen. Aber auch nicht ohne sie. Gedankenverloren faltete er mechanisch den Brief diagonal, dann noch einmal über die andere Diagonale, dann eine Ecke und die andere und so weiter, bis er einmal hineinpustete und ein allseits beschriebenes Papierteufelchen, das ihn verhöhnend angrinste, aufgeblasen hatte.

Einige Tage waren vergangen, dann eine Woche, seit das Mädchen von seinem Skiurlaub zurückgekehrt sein mußte. Victor war nicht angerufen worden. Endlich rief er an, und eine Tante antwortete. Das Mädchen war schon lange wieder in der Stadt und gerade ins Kino gegangen. Von da an ertrug der Junge die Abende nicht mehr. Sobald es zu dunkeln begann, stellte er sich ans Fenster, lehnte die Stirn an die Fensterscheibe und schaute so lange in die gelbe Winterdämmerung, bis ihn sein Unglück vollständig überwältigt hatte. Dann ging er hinaus und stromerte durch unbekannte Stadtviertel. Mitunter entfernte er sich so weit und die Häuser waren derart fremd – Gipsornamente an den rissigen Wänden, die jederzeit einstürzen konnten, die Fenster mit vergilbten Zeitungen bedeckt –, daß er das Gefühl hatte, sich in einem anderen Leben zu befinden – oder im Traum. Eines Abends fand er sich in seinem Kindheitsviertel wieder. Sofort erkannte er die alte Villa und begab sich in ihren Gruftdämmer. Hier war die Luft eiskalt! Welch dichte Schatten und welch trübes Licht von den Wänden zurückgeworfen wurden! Victor stieg langsam die Innentreppe hoch, die sich um die große Halle wand. Die Verzweiflung und Angst von damals hüllten ihn ein. Wieder erschien ihm der erste Stock als das Ende der Welt. Mit einer Willensanstrengung, deren er sich nicht für fähig gehalten hatte, stieg er höher. Nun stand er im Flur des zweiten Stocks, wo alles unverändert war, unverändert! Die Wohnungstüren der dort wohnenden Mieter kamen ihm immer noch riesig vor. Die Gasuhr war an ihrer Stelle, ebenso die Bank, auf der Victor sich niederließ und lange reglos sitzen blieb. Schließlich sagte er »Ingrid«, und ihm war, als wäre dies das einzige

Wort, das man je auf diesem Flur, in dieser Welt zu hören bekommen hatte.

Die Schule begann, und Victor sah Ingrid wieder. Sie war schön und glücklich. Abends nach den Stunden wartete immer ein Auto auf sie. Ein junger Mann öffnete ihr die Tür, sie stieg ein und kuschelte sich in den Sitz. Und das Auto löste sich in der Nacht auf. Zu Victor verhielt sie sich freundschaftlich, familiär, so als wären sie nach wie vor bloß Kollegen, bloß gute Kameraden. Manchmal trafen sie sich auf dem Flur und wechselten ein paar Worte … »Erinnerst du dich?« hätte Victor sie gerne gefragt, aber es war, als habe das Mädchen alles vergessen, all das, was er nie vergessen würde.

Das Jahr schob sich auf seinem Talg dem Frühling entgegen. Victor hatte die seltsamen Gefilde des Unglücks ausgiebig der Länge und der Breite nach durchmessen. Er hatte lange Gedichte geschrieben und war auf den leeren Straßen beinahe erfroren. Er konnte nicht verstehen, wie er den Winter überlebt hatte. Eines Tages, als er im Kleiderschrank seiner Eltern etwas suchte, fand er in einer Schublade ein merkwürdiges kleines Päckchen. Es war eine gebrauchte Papiertüte, in der seine Eltern alle seine Milchzähne aufbewahrt hatten, sie fühlten sich süß an, glänzten perlmuttern. Er erinnerte sich, wie sie zu wakkeln begonnen hatten und wie er sie sich der Reihe nach mit einem Zwirnsfaden gezogen hatte, der an der Türklinke befestigt war. Vater warf die Tür zu, und der Zahn hing am Zwirnsfaden und befleckte ihn mit einem kleinen Blutstropfen. Träumerisch befühlte er die glänzenden Zähnchen. Berührte sie mit der Zungenspitze, sie waren süß und lauwarm. Einst waren sie Leib aus seinem Leib.

Plötzlich bekam er einen Anruf von Ingrid, den ersten nach Monaten. »Komm zu mir, wir müssen reden«, sagte sie, und dann kam nichts mehr. Sie hatte aufgelegt, ohne »Auf Wiedersehen« zu sagen. Victor brach augenblicklich auf. Draußen war feuchtes Wetter. Im verschwiegenen Haus des Mädchens wachten die Tanten und die Porzellanfiguren in allen Ecken und Winkeln. Auf dem runden Tisch in ihrem Zimmer gab es keinen einzigen Papierteufel mehr. Sie aber saß auf ihrem Bett, und die auftrumpfende, glückliche Haltung, die sie im Winter an den Tag gelegt hatte, war verschwunden. Der Mann, den sie liebte, hatte sie verlassen, und Ingrid trug nun in den purpurfarbenen Tiefen ihres Leibes ein Päckchen kompliziert gefalteter Keimblättchen. Mehr konnte sie ihm nicht sagen. Die Tränen rannen ihr übers Gesicht. »Komm!« rief sie ihm hysterisch zu und knöpfte mit zitternden Fingern ihre Bluse auf. »Was kümmert er mich? Wer ist er schon, daß ich mich um ihn gräme?« Victor erhob sich und wandte sich zur Tür, ohne zu sehen, wie Ingrid mit nackten Brüsten aufs Bett fiel, wie sie ins Kissen biß und es mit ihrem Speichel tränkte, wie sie mit den Fingernägeln das Leintuch zerkratzte.

Zu Hause angekommen, stand der Junge lange am Fenster. Er schaute auf die Brandmauer des Hauses gegenüber, sie war alt, der Putz bröckelte ab, ja sie schien sich kaum noch auf den Beinen halten zu können, war mit verrosteten Klammern irgendwo festgemacht. Ein gelbes Licht füllte den gesamten Innenhof. »Ingrid«, sagte er mit der Stirn an der Fensterscheibe. Nach einiger Zeit setzte er sich an seinen von Büchern überladenen Schreibtisch. Er riß ein großes Blatt Papier aus einem Zeichenblock und schrieb auf die Rückseite »Ich liebe dich, Ingrid«. Dann kniff und faltete er das Blatt immer kleiner und komplizierter, bis der spitze kleine Gegenstand, noch war er nicht zu erkennen, seine beiden Hände ausfüllte. Er blies aus Leibeskräften in die Öffnung, und der Kopf des Teufelchens, seine spitzen Hörner und die höhnisch aus dem Mund ragende Zunge stülpten sich plötzlich auf, so daß Victor nun den größten Papierteufel in den Händen hielt, den er je gemacht hatte. Er öffnete den Kasten mit den Aquarellfarben und begann, ihn krebsrot anzumalen, die Augen malte er hypnotisch schwarz und das Innere des Mundes purpurn. Die Hörner aber färbte er glänzend schwarz. Eine kleine Träne fiel auf das eine Horn und ließ das Schwarz grau verschwimmen. Der Junge nahm die Papiertüte mit den schildpattglänzenden Zähnchen aus der Schublade und klebte sie in zwei ordentlichen Reihen in den offenen Mund des Teufels. So verharrten sie, schauten sich in die Augen, Victor und der Papierteufel, bis die Abenddämmerung ihre lange Flammenzunge ins Zimmer schickte.

Wer bin ich?

Vor ein paar Jahren stieß ich beim Durchstöbern alter CDs auf eine, die Persönlichkeitstests in Form amüsanter Spiele enthielt, sie waren intuitiv, schön bunt, und man ließ sich gerne auf ihre schlichte Ästhetik ein. Unter einer Unzahl projektiver Tests, bei denen man aufgefordert wurde, eine Familie zu zeichnen, einen Menschen, einen Baum etc., gab es auch jenen, der »Wer bin ich?« hieß, seine Grafik war etwas primitiver, aber seine irgendwie andersgeartete konzeptuelle Struktur machte ihn besonders anziehend. Kurzum, zuerst wurde man aufgefordert, sich eines von sechs verschiedenen Häusern auszusuchen. Dann wählte man einen von sechs verschiedenen Zäunen. Im Garten plazierte man einen von sechs unterschiedlichen Bäumen und einen von sechs jeweils anders geformten Teichen. Darüber mußte eine Sonne gesetzt werden, die man unter sechs vorhandenen auszuwählen hatte, und eine von sechs Wolken, eine eher weiße, flaumige oder eine graue und düstere, eine kleinere oder größere, je nach Vorliebe. Zuletzt aber war, als Clou des ganzen Bildes, eine Schlange, die man aus sechs mehr oder weniger verknäulten Schlangentieren auswählen mußte, irgendwo im Garten unterzubringen, auf dem Rasen nahe am Haus, auf dem Baum oder im Teich. Mit diesen Elementen begann ich, ein liebliches, harmonisches und wohlproportioniertes Ambiente aufzubauen. Mein Haus war hoch, hatte im oberen Geschoß Bogenfenster, eine große Sonne überstrahlte alles und konnte von dem kleinen Wölkchen nicht daran gehindert werden, reichlich Wärme zu spenden. Neben dem Haus befand sich wie ein kleiner Swimmingpool der Teich mit blau schimmerndem Wasser und neben dem Teich der Baum mit einer stattlichen und fruchtbaren Krone. Die Schlange hatte ich in eine finstere Ecke gesetzt, weit weg von den Bewohnern meiner Villa. Stolz auf meine Leistung, gab ich F4 ein, und auf der Stelle erschien in weißen Lettern auf schwarzem Hintergrund das Urteil: mein Persönlichkeitsprofil. Noch heute überläuft mich ein unangenehmer Schauer, wenn ich daran denke: »You are a conformist«, so begann das Gutachten, um dann zwei Seiten lang im gleichen Tonfall fortzufahren: Mir gefielen die banalen und alltäglichen Dinge, eine kleinbürgerliche Symmetrie, ich verfügte über kein bißchen Romantik und kein besonderes Talent. Die passende Karriere? Buchhalter. In der Liebe strebte ich nach einer komfortablen Position, Geld hätte ich stets so viel, wie ich brauchte, aber keinen Heller mehr. Und die Liste der Beschimpfungen ging in der gleichen Weise noch drei Seiten weiter. Aurea mediocritas. Selten habe ich mich mehr über etwas oder jemanden geärgert als über jenes Spiel. Es war, als hätte mich eine schöne Frau verächtlich angeschaut und gesagt: »Du hast mich enttäuscht. Eigentlich bist du nichts als ein elender Konformist …« und mir dann ihren wunderschönen Rücken zugewandt, den schönsten, den man sich vorstellen kann, dekolletiert bis hinunter zu den Pobacken. »Zum Teufel!« rief ich, und wie immer, wenn ich mit mir selbst unzufrieden bin und mit mir reden muß, ging ich und betrachtete mich im Badezimmerspiegel. Aus dem Spiegel heraus schaute mich der konformistischste Mann der Welt an. Schwarzes Haar, schwarze Augen, der Mund … keine Ahnung, wie (wahrscheinlich konformistisch), die Nase … Aber ich konnte mich nicht mehr sehr viel länger betrachten. Diese Situation war schließlich nicht hinnehmbar und mußte schnellstens geklärt werden. Ich stürzte zum Computer und startete dieses kleine Programm noch einmal. »Jetzt geht es um uns beide!« rief ich ihm zu. Diesmal habe ich die blödsinnigsten Entscheidungen getroffen: ein schiefes Haus, der Baum bestand nur aus wirrem und trockenem Geäst, eine pfefferkerngroße Sonne an einer Ecke des Himmels und dafür eine mächtige Wolke, die dunkelgrau über das Dach des Hauses rollte, dramatisch wie in *Sturmhöhe*! Den See plazierte ich perverserweise genau vor der Tür, damit die Bewohner, wenn sie das Haus verließen, bis zum Hals darin versanken. Und was die Schlange betrifft, so wählte ich diesmal das längste und dickste Exemplar aus, das sich nun wie das Monster von Loch Ness im Teich niederlassen durfte. Die unglückseligen Bewohner dieses Hauses konnte man nur noch bemitleiden und beklagen. Ich tippte wieder auf F4 und durfte diesmal (yeaaah!) mit Wohlgefallen lesen: »You are an artist, a wonderful dreamer!« So begann der Text, der mich im weiteren Verlauf mit Elogen überhäufte. Diesmal sollte die Karriere eines Stars auf mich warten, ich ein großer Schauspieler oder ein berühmter Maler werden, ich würde die sinnlichsten Liebesabenteuer erleben und die am besten gepolsterten Schweizer Bankkonten besitzen … »Siehst du, es geht doch!« bemerkte ich mit wegwerfender Geste gegenüber dem armen »Who am I?« und löschte das Programm endgültig. Wieder einmal hatte der menschliche Verstand über eine schlichte Maschine triumphiert …

Wie gut aber wäre es, könnten wir in unserem alltäglichen Leben wie in meinem Computerspiel wählen – etwa größere oder kleinere Schwestern, Teich und Bäume unterschiedlicher Formen und Farben, Schlangen, so groß oder angriffsmüde, wie wir sie uns wünschen! Könnten wir doch unser Ich stets anders und faszinierend zusammenbauen. Leider gewährt man uns in der Welt, in die wir geraten sind, ohne zu wissen, wie und warum, nur einen einzigen Versuch, und die Landschaft in unserem Kopf, sei sie nun sonnig oder eher grau und verhangen, gastfreundlich oder abweisend, wählen wir uns nicht selbst aus. Und doch, sosehr wir auch gefangen sein mögen im Fluß der äußeren Ereignisse, wie aleatorisch auch immer uns das Leben von der einen auf die andere Seite tragen mag, so denkt doch jeder von uns, wenigstens ein paarmal in seinem Leben, an sich selbst wie an ein ihm liebes, aber weit entferntes Wesen, nach dem er sich sehnt und das er gerne wiederfände.

Wer bin ich? Welches ist mein wahres Ich? Auch ich stelle mir diese Frage, nun immerhin schon seit meinem vierzehnten Lebensjahr, seit jener sternklaren Sommernacht, da auf der Erde nichts als die Glut an der Zigarette meines Cousins, des Bohemiens der Familie, leuchtete. Beide saßen wir an einem Holztisch im Hof eines Banater Bauernhauses, wo ich einen Teil meiner Ferien verbrachte. Obwohl neun Jahre älter als ich, machte er sich nicht über mich lustig, als wir ernsthaft über buchstäblich alles unter Sonne, Mond und Sternen redeten: Unsterblichkeit,

Gott, Universum, Liebe … In jener Nacht unterhielten wir uns bis zum Tagesanbruch. Ich erzählte ihm von meiner großen Entdeckung dieses Jahres, der Vorstellung, daß wir niemals wissen können, wie jemand anderes die Welt sieht: vielleicht siehst du etwas als blau, das ich als rot sehe, aber weil du diese Farbe auch Rot nennst, werde ich niemals erfahren, was du wirklich siehst … Damals wußte ich noch nicht, daß gut dreiviertel aller Jugendlichen diesen primitiven Solipsismus im Kopf haben. Mein Cousin erzählte mir, wie oft er es schon beim Theater versucht habe, wie er zeichne und Gedichte schreibe, daß er manchmal nächtelang Gitarre spiele, wie er sich gezwungen habe, absurde Handlungen zu vollführen, zum Beispiel eine alte Bäuerin auf französisch anzusprechen … »Aber warum tust du all dies?« fragte ich ihn und schaute zu, wie die Spitzen der unsichtbaren Bäume bei jedem Windstoß die Sterne im Himmel wegfegten. Die glühende Spitze seiner Zigarette hob sich, glühte noch stärker auf, und ich erblickte wie in einer Dunkelkammer das Profil eines langhaarigen jungen Mannes mit großen Koteletten, wie man sie damals trug, als die »Phoenix« ihre ersten Platten herausbrachten. »Ich weiß nicht … vielleicht, weil ich mich selber suche … Ich probiere alles, möchte mich verwirklichen, ich will nicht anonym durchs Leben gehen …« »Und hast du dich gefunden? Dich selbst, meine ich?« fragte ich naiv. »Ich glaube nicht, noch nicht …« Mein armer Cousin! Damals wußte er nicht, daß er sein Leben lang ein anonymer Ingenieur in einem Provinzstädtchen sein würde. In jener Nacht aber hatte er mir, ohne es zu wissen, eine Zone eröffnet, über die ich – verschmolzen, wie ich nach wie vor mit den

Dingen und Gesichten, die mich umgaben, war – noch nicht nachgedacht hatte. Es sollten noch zwei Jahre vergehen, bis mich in einem anderen Dorf – diesmal an der Donau – die Erkenntnis überkam, daß ich existierte, daß mein Ich endlich geboren war.

Die meisten von uns leben in der äußeren Welt und identifizieren sich (und zwar vom dritten Lebensjahr an) mit ihrem Spiegelbild. Wir sind die, die wir sind. Wenn wir »ich« sagen, weisen wir mit dem Zeigefinger auf die eigene Brust: Ich bin mein Körper, ein Ding von vielen auf der weiten Welt. Gewöhnlich haben wir keine Zeit zur Introspektion, und wenn wir bewußt unser eigenes Wesen erkunden, so tun wir dies nicht nach innen, sondern an der veränderlichen und bunten Oberfläche des Lebens, wie ein Läufer, der aus den Startblöcken in die entgegengesetzte Richtung losrennt. Gewöhnlich denken wir »uns« nicht, sondern leben »uns«, weil der gegenwärtige Lebensstil das innere Leben entwertet. Folglich benutzen wir uns als Symbole für eine angenommene und verborgene Persönlichkeit, die sich aus der Wirklichkeit zurückgezogen hat und an die wir in Wahrheit gar nicht mehr denken. Ich habe eine Freundin, die ganz versessen ist auf ihre eigene Persönlichkeit und sich trotzdem schminkt und kleidet, wie es ihr die wechselnden Moden in den Illustrierten vorgeben. Und in ihrer Kulturalisation folgt sie ebenfalls ephemeren künstlerischen Trends. Heute kannst du sie mit punkig schwarz umrandeten Augen sehen, morgen zart und zerbrechlich in pastellfarbenen Leinenhemden, übermorgen als Geschäftsfrau im Kostüm und mit einer Herrenkrawatte um den Hals. Heute ist sie vom Theater fasziniert und treibt sich mit

Schauspielern und Regisseuren herum, morgen begibt sie sich ins Milieu der bildenden Künstler und läßt das Theater Theater sein. Heute liest sie ekstatisch irgendeinen Autor, den sie eben erst entdeckt hat, mythisiert ihn, verleiht ihm eine mystische Aura und geht vor ihm in die Knie wie vor einem Idol, damit morgen ein anderer an seine Stelle trete, während der Vorgänger in Ungnade fällt. Und trotzdem nennt sie diese Kette von Selbstverrat, all dieses Surfen auf den Wellen des momentanen Enthusiasmus, »ihre Persönlichkeit«. Ich zweifele nicht daran, daß auch diese Frau sich selber sucht, aber sie sucht sich systematisch und scheinbar absichtlich an den Stellen, an denen sie sich nicht befindet, und zwar aus Angst, sich vielleicht am Ende doch noch zu finden. Für solche wie sie scheint Frank Zappa sein berühmtes Lied »Do you know what you are? You are what you is!« komponiert zu haben. Du bist, was ist, was man sieht, kein Tröpfchen mehr. Unser Ich ist nichts anderes mehr als die innere Leere, die unser überfülltes, umtriebiges Leben, dem wir nichts mehr von dem abgewinnen können, »was wirklich zählt«, in uns einspeist.

Und trotzdem, die Stunden der Einsamkeit, die Momente, in denen wir unglücklich sind, die Lebenskrisen, die Träume und Tagträume, Depressionen, Grenzerfahrungen, Obsessionen, die Musik und das Verliebtsein – sie alle sagen uns etwas anderes. Alles, was dich aus der Routine deines »realen« Lebens herausreißt, zeigt dir, daß ein Leben ohne Selbstreflexion dich nach unten gleiten läßt auf einer schiefen Ebene der Eindrücke und Genüsse, der Bilder und des Geschwafels, der äußeren Dinge, der Lügen und des Gefunkels, immer weiter weg vom lebendigen Kern deines Wesens. Du bist ein schlichter Verbraucher, der vor allem sich selbst verbraucht. Und wirst dies auch immer bleiben, wenn sich das Leben nicht einmal dazu durchringt, dich mit dem Schädel an den oberen Türrahmen knallen zu lassen ... In meiner Jugend haben eine unglückliche Liebe und danach der Militärdienst mir das enthüllt, von dem ich nie geahnt hätte, daß es in mir steckt: viel Haß, Frustration und Feigheit, aber auch sehr viel Leidensfähigkeit. Seitdem mache ich mir nicht mehr soviel vor: Ich bin nicht wirklich gut, habe keine schöne Seele, kann niemandem ein Beispiel sein, wie ich auch selber keine Vorbilder im Leben habe. Und meine späteren Erfahrungen haben mich gelehrt, mich nicht selbst zu betrügen. Es ist sehr gut, zu wissen, was wirklich in einem steckt. Ich habe einen Freund, der sich für unfehlbar hält. Es ist immer wieder verblüffend, wie er seine Fehlschläge in Siege umdeutet, wie er seine Fehler rechtfertigt, mit welcher Systematik er all das vergißt, was er nicht rechtfertigen kann. Hört man ihm zu, so hat man den Eindruck, dem einzigen Menschen begegnet zu sein, der noch niemals einen Fehler gemacht hat. Alles, was er je unternommen hat, war perfekt, alle Welt bewundert ihn, allein seine Meinungen sind die einzig richtigen. Seine Verteidigungsmechanismen sind hypertroph und ständig einsatzbereit: An die ultrastolzen Ohren seines Selbst darf nichts Böses dringen. Selten begegnet man einer größeren Diskrepanz zwischen dem, was jemand zu sein sich einbildet, und dem, was er tatsächlich ist.

Wer bin nun also ich? Der aus den Persönlichkeitstests? Die aber unternehmen doch nichts anderes, als mich in schmale Diapositive zu zerschneiden. Danach wäre ich in unterschiedlichen Situationen eine je andere Person. Unser Inneres aber ist ein ganzes Fotoalbum. Wir sind keine Gegenstände, sondern Prozesse. Ich bin letztlich meine Selbstsuche. Ich existiere, weil ich mich suche. Ich suche mich nicht, um mich zu finden: Die Tatsache, daß ich mich suche, ist das Zeichen dafür, daß ich mich gefunden habe.

Petrutza

Ich war in der vierten Klasse, als bei mir der Tuberkulintest außergewöhnlich stark anschwoll. Obwohl es sich um eine Impfung handelte, hatten wir keine Angst davor, denn sie wurde in den Unterarm verabreicht; mit einer lächerlich kleinen Nadel wurde einem ein Tropfen einer Flüssigkeit unter die Haut gespritzt. Selbstverständlich hätten wir die Schluckimpfung auf einem Stück Würfelzucker vorgezogen, aber es war nun mal so. Mit aufgekrempelten Hemdsärmeln standen wir in einer Reihe vor der Tür des ärztlichen Kabinetts und schauten erst einmal zu, wie sie denen vor uns verabreicht wurde, machten uns lustig über die Mädchen und ganz besonders über die Jungen, die sich verängstigt zeigten, doch wenn wir selber dran waren, streckten wir den Arm aus und schauten weg. Ein paar Tage später kamen sie das Ergebnis anschauen. Nun begann meine Qual.

Ich hatte gar nicht mehr an die kleine »Impfung« gedacht. Diejenige, die sie dir in die Pobacken machten, war ganz schön unangenehm, am nächsten Tag tat sie dir höllisch weh, und du konntest das Bein kaum mehr bewegen, aber am schlimmsten war, daß alle deine Kollegen versuchten, wenn du mal nicht aufpaßtest, dir mit der flachen Hand einmal kräftig draufzuhauen. Im Vergleich damit war der Tuberkulintest harmlos. Die Schwester kam in die Klasse und nahm sich uns von der ersten Bank an der Reihe nach vor. Ich saß, obwohl der kleinste unter den Jungs, in der letzten Bank neben einem Sitzenbleiber, der gut doppelt so groß war wie ich. Puică Ion, den ich, sieh an, auf den rechten Weg geleiten sollte. Dieser Puică war ein seltenes Exemplar von einem Esel. Er war eine Katastrophe. Beim Lesen las er statt »die Alte rutschte aus« »die alt verrutschte Laus«. Er nun hatte als erster meinen Tuberkulintest gesehen, zwei Tage nachdem man ihn uns gemacht hatte. Als ich die Rötung an meinem Arm mit seiner verglich, packte mich die Angst. Bei ihm konnte man kaum mehr eine leichte Rötung um den Einstichpunkt erkennen. Bei mir gab es einen roten Fleck, so groß wie eine Untertasse auf dem schmächtigen Unterarm, und die Haut über den blassen Venen war beinahe durchsichtig. »He, du Tebecist«, sagte Puică, »ich bleibe nicht länger bei dir in der Bank!« Die Kinder umringten mich und skandierten »Schwind-süchtig! Schwind-süchtig!« Dieses Wort (mit dem sie mich dann ein paar Jahre lang hänselten) hat mich anfangs gewundert, denn ich dachte ans Schwindeln beim Kartenspiel oder beim Verstecken: »Schwindelst, schwindelst«, hatte der eine oder andere gerufen:

»Schwindeln ist 'ne Leidenschaft
Diesen hat sie schon gepackt …!«

sang man den Schwindlern. Lumpă war bei uns im Wohnblock der größte Schwindler. Auf dem zweiten Platz war Symphonie in c-Moll.

Noch bevor die Schwester bis zu meiner Bank gelangen konnte, hatten meine Klassenkameraden meinen

Arm, den ich unter dem Pult verstecken wollte, mit Gewalt hervorgezerrt und »Genossin, Genossin« gerufen, »schauen Sie sich diesen Jungen an«, also hat die Schwester die anderen in Ruhe gelassen und ist zur hintersten Bankreihe gekommen. Nun stand ich da und bildete das Zentrum der allgemeinen Aufmerksamkeit. Ich erinnere mich, daß ich am ganzen Leib schlotterte. Alle meine Schulkameraden lachten und schnitten mir Grimassen. Die Schwester nahm meinen Arm, vermaß den Fleck kreuz und quer mit einem Plastiklineal und wiegte den Kopf. Dann flüsterte sie eine Weile mit der Lehrerin, und die entließ uns in die Pause.

Etwas später wiederholten sie bei mir den Test, nur bei mir alleine und ohne daß jemand aus der Klasse etwas davon wußte. Das Ergebnis war das gleiche. Als ich den Fleck wieder wachsen sah, schämte ich mich sehr. Mich quälten nicht bloß die Foppereien der Kinder, die den ganzen Monat lang schon Lieder und Gedichte verballhornt hatten, um mir das beschämende Wort ins Gesicht schleudern zu können:

Ich trage meine Krawatte,
bin Tebecist!
Und stolz bin ich darauf,
bin Tebecist!

sangen sie mir vor, und nach der Rumänischstunde, als wir »Preda Buzescu« durchgenommen hatten, rezitierten sie:

Und der Tebecist ergriff die Axt,
Schwang sie drohend, schiere Angst
Ließ mitsamt dem Schilde Preda fliehn!

Mehr als über all dies ärgerte ich mich über den roten Fleck, der von Tag zu Tag größer wurde und dessen Wachstum ich nicht anhalten, gegen den ich nichts unternehmen konnte. Ich fühlte mich so, als habe mir jemand mit glühendem Eisen einen Fleck mitten auf der Stirn verpaßt. Dabei hatte ich mir kalte Umschläge gemacht, hatte viertelstundenlang daran geleckt, hoffentlich, hoffentlich schrumpft das Ding – es war alles umsonst! Ich war schwindsüchtig, und mir drohte das Sanatorium, wie die Schwester ein bißchen zu laut der Genossin Lehrerin zugeflüstert hatte. Natürlich hatten meine Mitschüler dies aufgeschnappt und krähten nun mit Zeichentrickfilm-Stimmen hinter mir her: »Sanatorium, Sanatorium!« …

In unserer Klasse gab es ein Mädchen, Petrutza, sehr dunkelhaarig und stets mit dem verwaschensten Uniformrock bekleidet, den man in der Klasse zu Gesicht bekam. Ihre Eltern hatten nicht einmal das Geld, ihr eine mit gelber Farbe gedruckte Matrikelnummer zu kaufen, wie wir alle sie hatten: Ihre Mutter hatte ihr die Nummer mit gelbem Zwirn auf ein blaues Stück Stoff gestickt. Auf dem einzigen Klassenfoto, das in der vierten Klasse gemacht worden war und zehn Lei gekostet hatte, weil es ein Farbfoto war, und das wir alle kaufen mußten, obwohl es nicht gelungen war, steht Petrutza in der mittleren Reihe neben Fleşeriu Dan. Mich selbst kann ich beinahe nicht sehen, ich bin bloß ein dunkler Punkt im Hintergrund der Klasse. Petrutza war sehr fröhlich, flink wie ein Spatz und hatte keinen Geliebten, obwohl in unserer Klasse ein nie dagewesenes Lotterleben herrschte, beinahe alle hatten Liebhaber oder Geliebte, manche, wie etwa Apostol, hatten gleich mehrere. Sie waren sogar schon dazu übergegangen, Gagen fürs Küssen zu vereinbaren, stellten sich auf eine Bank und ..., dabei gab es welche, die küßten nicht bloß so in die Luft oder auf die Wangen ... Mir gefiel Lili, aber ich war so scheu, daß ich, wenn Lili mich nur anschaute, schon davonlief, so schnell ich konnte. Und seit der Testimpfung hatte ich noch weniger Mut als früher ... In jeder Pause ging ich auf die Jungentoilette, schloß mich in einer Kabine ein und betrachtete heimlich den Fleck auf meinem Arm. Ich brachte es nicht über mich, einmal nicht nachzusehen, ob er nicht doch ein bißchen kleiner geworden war, obwohl sich immer wieder einer fand, der mich herauskommen sah und mir zurief: »Was macht der Schwindsüchtige, hat er seine Pille geschluckt?« Auf dem Klo waren die Wände mit unanständigen Zeichnungen und Gedichten vollgeschmiert. Die Zeichnungen zeigten nackte Mädchen mit gespreizten Beinen, aber sie waren sehr schlecht gezeichnet, und eine Pfeilspitze wies direkt nach oben auf ihre Vögelchen, während am anderen Ende des Pfeils das häßliche Wort FOTZE stand. Auch in den Gedichten kam dieses Wort neben anderen ebenso schmutzigen vor. Eines davon hatte wohl ein etwas größerer Junge, ein Lümmel, mit dem Kugelschreiber auf die Tür geschrieben, denn es ging so:

Mutters Fotze auf dem Baum
Hat fünf Käfer in ihrm Flaum:

Einer schüttelt,
Einer kitzelt,
Einer dreht am Mühlenrad,
Einer formt die Knödel,
Einer darf sie alle vögeln!

Eines Tages, als ich vom WC in die Klasse zurückkam, hatten sich viele Kollegen um eine Bank versammelt. In der Bank saßen Petrutza und ein Mädchen, das Iosub hieß. Petrutza machte ein Orakel mit den Kindern, das heißt, sie las ein paar Fragen aus einem Heft vor: Ob sie einen Geliebten hätten, in welcher Klasse er oder sie ist, ob er oder sie groß oder klein ist, blond oder brünett, ob er oder sie gut lernt etc., und bei jeder Antwort machte sie ein Strichlein im Heft. Dann strich sie je drei Striche, und es kamen irgendwelche Zahlen dabei heraus: 323, 132, 231 etc. Danach sagte sie dir, ob der oder die, an die man gedacht hatte, einen liebte oder nicht, ob man ihm oder ihr bloß gefiel oder ob man überhaupt nicht beachtet wurde, aber es gab noch eine ganze Menge weitere mögliche Antworten. Alle Welt lachte und unterhielt sich, aber am liebsten hätten natürlich alle gewußt, an wen jeder einzelne gedacht hatte, also wer die Geliebten waren. Petrutza war gerade mit dem letzten fertig geworden, und es war noch ein bißchen Zeit – die Pause dauerte immerhin zwanzig Minuten, und die Genossin kam nie vor einer halben Stunde –, also war ich gerade richtig gekommen. »Mach es auch dem Tebecisten«, begannen sie zu fordern, »denn vielleicht liebt er ja eine von seinen Tebecistinnen!« Ich konnte nicht entkommen, sie schubsten mich zwischen die Mädchen auf der Bank und warteten nun, daß Petrutza mit den Fragen begann. Sie aber mochte am Anfang nicht, sie klappte schnell ihr Heft zu und wollte es in die Schultasche stecken: »Nein, es reicht, die Genossin Lehrerin kommt!« »Komm, Mädchen, mach's auch ihm, sie kommt noch nicht!« rief neben ihr Iosub und entriß ihr das Heft, so daß Petrutza auch mir das Orakel machen mußte.

Ich weiß nicht, warum, aber ich habe an sie gedacht. Die Ärmste, ihre Haut war derart oliv ... Und das Haar so, na ja, ich weiß auch nicht, so dunkel und glänzend ... Und zu Hause hatte sie keinen Augenblick Ruhe, sie arbeitete, kochte, kümmerte sich um zwei kleinere Brüder, das wußte ich von Mutter, die es beim Elternabend erfahren hatte. Und trotzdem hatte sie immer ihre Hausaufgaben gemacht, ja sie zeichnete sogar Röschen und Schmetterlinge an die Seitenränder, wofür die Genossin ihr bei der Benotung einen Punkt mehr gab. Petrutza begann, mich auszufragen. Bei allen meinen Antworten dachte ich an sie, aber ich schaute sie nicht an, damit niemand merkte, an wen ich dachte.

Und wie ich so meine Antworten gab, geschah plötzlich etwas. Ich konnte an Petrutza etwas beobachten. Ich glaube, es war nur die Tatsache, daß sie nicht mehr fröhlich war. Ich weiß nicht, was ich gefühlt habe, aber es war, als zählten die anderen um uns herum plötzlich nicht mehr, als befände ich mich allein mit ihr im leeren Klassenzimmer. Und als habe sie begriffen, an wen ich dachte. Als ich alle Antworten gegeben hatte, machte sie ihre Strichrechnung, und die Auskunft des Orakels lautete: »Sie liebt dich, aber sie verbirgt es.« Alle begannen zu lachen, doch just in dem Augenblick kam die Genossin zur Tür herein und scheuchte uns mit Kataloghieben auf den Kopf in unsere Bänke.

Die letzte Unterrichtsstunde jenes Tages, spätabends, war die Zeichenstunde. Diese Stunde hielt nicht die Genossin, sondern eine Studentin im Praktikum, die von den Hooligans unserer Klasse, vor allem von Strinu und Dubinuc, gequält wurde, als wäre sie eben beim Pferdestehlen erwischt worden. Oftmals verließ sie weinend die Klasse. »Du gehörst in eine Höhle, nicht unter Menschen, dort solltest du hausen«, sagte sie einmal mit tränenerstickter Stimme zu Strinu, der sie mit seinen Ungezogenheiten aus der Fassung gebracht hatte. »Das will ich gerne tun, wenn Sie mich auf dem Rücken dorthin tragen!« fauchte er zurück. Dafür hat der Direktor ihn vor der versammelten Klasse zehn Minuten lang verprügelt, bis das Blut floß. Aber zur Besinnung gebracht hat ihn das nicht.

Draußen schneite es wie verrückt, das sah man durch die Fenster. Es war dunkel geworden. Die Flocken schienen nun rosa zu sein, und wenn man lange hinschaute, hatte man den Eindruck, die ganze Klasse würde emporgehoben und in den Himmel schweben. Petrutza saß nun bei mir in der Bank, denn in der Zeichenstunde durften wir uns so zusammensetzen, wie wir es wollten, so daß alle unsere Klassenkameraden bei ihren Geliebten oder Liebhabern saßen. Und plötzlich war Petrutza in meine Bank gekommen. Ich setzte mich daraufhin in eine andere Bank, aber sie folgte mir. Ich hatte schreckliche Angst, unsere Kollegen könnten glauben, daß ich sie liebte. Schließlich habe ich sie geduldet. Wir malten Winterlandschaften auf unseren kleinen Zeichenblockblättern, verschneite Häuser und Schneemänner. Ich hatte schon viele von den Aquarellfarben wellig gewordene Blätter in meinem Block. Nun malte ich eben den vom Schnee überladenen Schornstein eines Hauses und den daraus entweichenden Rauch, als um uns herum wieder eine Art Stille entstand. Erschrocken schaute ich zu Petrutza hinüber, aber sie malte nicht mehr, ja sie hatte überhaupt noch nichts gemalt, ihr Blatt war weiß wie der Schnee. Warum hatte ich das bis dahin nicht gemerkt? Sie schaute nur auf den Fußboden hinunter, es war, als bestünden ihre Augen nur aus Lidern. Und als ich es am allerwenigsten erwartete, ließ sie die tintenbefleckten Finger ihrer linken Hand in meine Hand sinken. Ich fühlte, wie mein Herz plötzlich heftig zu schlagen begann, und zwar nicht, weil ihre Hand auf meiner lag, sondern weil sie sich auf meinen Unterarm zubewegte und sachte die Ärmel meiner Uniformjacke und meines Hemdes hochschob. Langsam, langsam von ihren Fingern freigelegt, prangte der schreckliche rote Fleck schon für alle sichtbar, wuchs und breitete sich in dem Tempo aus, in dem sie mir den Arm immer weiter und letztlich bis zum Ellbogen hinauf freilegte. Und ich weiß nicht, was geschehen war, daß ich mich nicht imstande sah, mich zu rühren, den Arm zurückzuziehen. Nun lag meine weiche Hand auf dem schäbigen Pult, und man konnte den roten Fleck ganz sehen, er war rund und glühte, als hätte man ihn mir mit einem Bügeleisen gemacht. Die anderen Kinder waren zu einer Art buntem Geschmiere geworden, und die Schneeflokken hatten in ihrem Herabsinken an den Fenstern innegehalten und flatterten auf der Stelle.

Und in der Stille der Klasse legte Petrutza bloß zart

ihre Hand auf den großen Fleck, leichter, als es die Berührung einer Schneeflocke gewesen wäre, und dann begann mein Fleck langsam blasser zu werden, seine Konturen verwischten sich, und die Farbe verschwand in wenigen Minuten unter der Haut. Nur der Stich blieb noch wie ein schwarzer Punkt auf meinem Unterarm zurück, der nun ebenso blaß und von Adern durchzogen war wie die Unterarme jedes anderen Kindes. Petrutza schaute mich wieder an, ernst nunmehr und so, als müsse sie gleich weinen, als hätte sie eine schlechte Note bekommen, worauf sie in eine andere Bank flüchtete und ich verdutzt dasaß und meinen nackten Arm massierte. Wieder schneite es schön mit hurtigem Gestöber, und Dubinuc krähte wieder in der letzten Bankreihe.

Am nächsten Tag war die Krankenschwester sehr erstaunt. Man brachte mich ins Spital, machte alle Analysen und konnte keine Spur mehr von den Mikroben in meinem Blut finden. Und meine Eltern hatten allerhand Laufereien, denn sie hatten schon die Papiere vorbereitet, um mich ins Sanatorium zu schicken, nach Voila … Nun mußten sie mich wieder in der Schule einschreiben; eine einzige Komplikation. Aber immerhin freuten sie sich, daß sie kein Tbc-krankes Kind hatten, denn dies hätte noch mehr Sorgen bedeutet, etwa um die Medikamente, abgesehen davon, daß sie wegen meines Hustens nachts nicht mehr hätten schlafen können.

Von da an sind mir keine Impftests mehr zu groß geraten, aber meine Kollegen haben mich trotzdem bis zur siebten Klasse »Tebecist« genannt (wonach sie, keiner weiß, warum, mich »das Mammut« nannten oder »Tröte«). Petrutza blieb noch bis zum Ende des Trimesters in unserer Klasse, dann zogen ihre Eltern aus unserem Stadtviertel fort und schickten sie in die dortige Schule. Heute ist sie Uhrenverkäuferin im Kaufhaus Cocor. Manchmal schaue ich dort vorbei, nicht eben häufig, und frage sie dies oder jenes … Sie antwortet stets professionell, schaut mich nur kurz an. Nach dreißig Jahren ist es normal, daß sie mich nicht wiedererkennt.

»… a lovely little Jewish princess …«

Die Kritiker klassifizieren die Schriftsteller auf jede erdenkliche Art, nach Affinitäten, nach Generationen, nach geistigen Familien und literarischen Strömungen, aber was uns betrifft, so glaube ich, daß man sie ebensogut danach einteilen kann, ob sie wenige Frauen hatten oder viele. Ich gehe hier nicht in die Einzelheiten, wie bezeichnend diese auch sein mögen: was es also heißt, eine Frau zu haben, warum ich nur von männlichen Schriftstellern spreche, was es mit den schwulen Schriftstellern auf sich hat etc. Schriftsteller, die in ihrem Leben viele Frauen hatten, erkennt man sofort: auf den Seiten ihrer Bücher sind die Frauen eine Sorte Automaten mit langen und blonden Haaren, großen Brüsten und runden Hintern, die auftreten, wenn sie gerufen werden, und verschwinden, wenn die Aktion – drauf und rein! – zu einem guten Ende gebracht ist. Die Erotik ist ihnen nicht wichtiger als das Mittagessen oder eine Partie Tennis.

Während diejenigen, die wenige Frauen hatten (ich spreche nicht von denen, die überhaupt keine hatten, es gibt auch solche Unglücksraben), die zur Besessenheit neigende Tendenz aufweisen, auf zehn Seiten jede Nuance ihres Lächelns zu beschreiben, jedes ihrer Wörter um und um zu wenden, über die Weiblichkeit als Archetypus zu philosophieren und eine komplette Mystik um die große Göttin der Liebe und des Todes zu entfalten. Sie strecken die Erfahrungen mit den zwei, drei armen Frauen, mit denen sie es zu tun hatten, als könnte die Qualität ihrer Schreibe die defizitäre Quantität an Erfahrung wettmachen. Sosehr wir uns schließlich auch bemühten, dem Voicaschen Dilemma entkommen wir nicht: an dem einen Ende des Spektrums die Metaphysik und am anderen Ende ein zartes Stück weiblicher Anatomie.

Ach, ich zähle mich in diesem Kontinuum zu jenen, die der Metaphysik näher sind als der Weiblichkeit. Über die paar Frauen (aber was für Frauen!), die meinen Kopf, mein Bett und mein Leben mit ihrer Anwesenheit beehrt haben, habe ich schon oft genug geschrieben. Keine Rundung ihres Leibes, kein Zucken ihrer Mundwinkel, kein noch so geringer Pendelausschlag ihrer Launen ist auf den wie Leintücher zerknitterten und heißen Blättern des einsamen Mannes unverzeichnet geblieben. Unzählige Male schon spazierte ich durch das gefrorene und leere Museum unter dem Horizont meiner Schädeldekke und betrachtete endlos die paar Exponate: spektrale Frauen, hundertmal größer als ich, erhoben auf goldene und elfenbeinerne Sockel, die Namen in Onyxlettern eingraviert. Ich kenne sie ebenso gut wie mich selbst. Sie, die verborgen in irgendeinem Winkel der Welt vor sich hin altern, der seinerseits auch altert, haben ihren Fingerabdruck endgültig auf dem Silbernitrat meiner Seiten hinterlassen, wo sie jung und wunderschön, weder von Schwangerschaften noch von Nostalgien entstellt, weiterleben.

Jetzt denke ich an Esther, mit der ich nie geschlafen habe, weshalb ich auf die geringfügige, aber deshalb nicht weniger tiefe Frage zurückkomme: Was bedeutet es, eine Frau zu haben? Denn man hatte tatsächlich die zig Frauen nicht wirklich, mit denen man im Bett gewesen ist, doch dafür spürt man, daß man noch nie jemanden umfassender und ekstatischer besessen hat als das freche Mädel, das einem im überfüllten Bus einen Blick zuwarf und das man seitdem nicht wieder gesehen hat. Ich habe mich an Esther erinnert (die in meiner Erzählung »REM«, ich schrieb sie, als wir Nacht für Nacht händchenhaltend am Ufer der Dîmbovița spazierengingen, in einen Mann verwandelt, die Heldin, die dort Nana heißt, küßt; ich habe völlig vergessen, wie jene Nana in Wirklichkeit hieß), und zwar vor ein paar Tagen, als ich wie zufällig durch das jüdische Viertel im Herzen von Krakau lief und die Kaufmannshäuser betrachtete, die blau und terracottarot gestrichen waren, mit Ladenschildern voller umgedrehter Buchstaben und Zäunchen in der Form der siebenarmigen Leuchter. Schließlich kehrte unsere Touristengruppe zum Abendessen im Klezmer Hois, einem von »ihren« Restaurants ein, das mir sogleich die Erinnerung an die wahren Arnoteanus des Mateiu Caragiale* wachrief: ein großbürgerliches Haus, die Wände tapeziert mit vergilbten Fotografien, barocke Bufettschränke mit Vitrinen voll seltsamer Gefäße, Kabarettplakate ... Der Saal, gegliedert durch eine zentrale Säulenreihe wie jene, an die sich dereinst Samson gelehnt hatte, war von jüdischem Geist durchtränkt. An den Fenstern Vorhänge mit großen Maschen, Handarbeit, wie die Makrameedeck-

* Mateiu Caragiale (1885-1936), rumänischer Schriftsteller, Autor des 1929 erschienenen Romans *Die Vier vom alten Hof.* Maiorică Arnoteanu ist darin ein heruntergekommener Bojar, in dessen Haus in Bukarest ausschweifende Orgien gefeiert werden.

chen auf den Tischen. Eine Matrone, deren Kleid mit grünen und mauven Pailletten besetzt war, spielte Klezmerlieder auf der Geige und wurde von einem Kontrabaß und einem Akkordeon begleitet. Mit Bier, das nach Ingwer roch, spülte ich die tagsüber angehäufte Bitterkeit hinunter (wir waren direkt von Auschwitz gekommen), folgte den melodischen Linien, die mal an unsere Sîrben und mal an Wiener Walzer erinnerten, und aß schließlich Huhn, das mit Honig und Gewürznelken zubereitet worden war.

An einer langen Tafel saßen etwa dreißig Frauen – die überwiegende Mehrheit von der unverwechselbaren, wenngleich unbeschreiblichen Gestalt der orientalischen Jüdinnen – und feierten, was das Zeug hielt, wiegten die Köpfe glücklich im Rhythmus der Musik. Ich befand mich bei Chagall und Scholem Alejchem. In meinem inneren Ohr erklang Frank Zappas Lied »I need a lovely little Jewish princess«, als ich plötzlich den Eindruck hatte, unter den Frauen an der festlichen Tafel Esther erblickt zu haben. Natürlich war sie es nicht, aber eine der Frauen ähnelte ihr, hatte ebenjenes Unbenennbare, jene zarte Süße der etwas Dicklichen, den etwas schläfrigen Augenaufschlag der Grünäugigen, genau jene Andersartigkeit, die man in einem Moment spürt und die doch so unendlich schwer auszudrücken ist. Als ich dann unter dem bestirnten Himmelszelt stand – alles, was über Krakau leuchtete, war gelb und hatte sechs Ecken –, hatte ich nur noch Esther im Kopf, als hätte man mich zwanzig Jahre zurückversetzt, in die einzige Jahreszeit, in der wir Freunde waren.

Zufällig war jene Jahreszeit der Sommer, einer jener

Bukarester Sommer, aus denen man nie wieder erwachen zu können meint, ein heißer Sommer voller Staub, da man nur noch durch verlassene und hallende Gäßchen zu gehen in der Lage ist. Esther war eine Kollegin meiner Schwester und wohnte in einem dieser Gäßchen in einem Villenviertel. Die Wohnung ihrer Eltern (ich bin bloß einmal bei ihnen gewesen) sah genauso aus wie jener Saal im Klezmer Hois. Und sie selbst, obwohl sie viel jünger war, wirkte genauso exotisch und fremdartig wie diese Frauen an der langen Tafel. Bei uns im Lande von Eltern geboren, die selber auch schon hier geboren waren, schien sie trotzdem eine Fremde zu sein, die unsere Sprache sehr gut sprach. Ihre Gesten, ihre Ansichten, ihre stets überraschende Reaktionsweise, all dies wirkte älter als ihre Sprache, widersprach jederzeit und in allen Situationen ihren Worten. Sie war sehr schön. Im Profil sah sie wie ein feines, zartes Wesen aus, ganz und gar im Blick gesammelt. Ihr Körper war elastisch und aufrecht wie der eines Models auf dem Catwalk. Doch sobald sie einen anschaute, spiegelte sich in ihrem Gesicht das Sefer-ha-Bahir, das Buch des Leuchtens: ein rundes Gesicht mit grünen Augen, einem weichen und sinnlichen Mund; derart sinnlich, daß er sogleich ins Mystische hinüberspielte und sich aller Erotik entleerte. Dann wurde Esther zu ihrem eigenen biblischen Homonym, zu jener, auf die der große Assyrerkönig mit seinem Zepter wies und ihr damit das Leben schenkte.

Da haben wir wieder den Schriftsteller, der zu wenige Frauen hatte: jederzeit bereit zu mythisieren … Mit Esther hatte ich eine Beziehung, die ein paar Monate dauerte. Dabei haben wir niemals über die Liebe gesprochen oder Liebe gemacht, obwohl wir manchmal sehr nahe dran waren. Aber wir sind täglich mehrere Stunden lang spazierengegangen, wir waren bei Dichterzirkeln, wo ihre Anwesenheit hypnotisch wirkte, wo ihr langes Haar sich rauh aufbauschte und sämtliche Blicke auf sich zog (He du, Glückspilz, wer ist die Braut?), auch waren wir an schmutzigen Stränden, wo man nicht ins verdreckte Wasser konnte. Wenn ich sie spätnachts nach Hause begleitete (selbstverständlich unter sechseckigen Sternen), blieben wir auf der Straße im gespenstischen Licht einer Glühbirne oder eines schwerfällig vorbeifahrenden Trolleybusses stehen und küßten uns verzweifelt. Niemals sonst hatte ich einen so schönen Körper in meinen Armen gehabt, ein so einfaches und trotzdem mysteriöses Mädchen. In all der Zeit ist nichts Besonderes geschehen. Ihre Eltern hatten keine Tätowierungen aus Auschwitz an den Unterarmen, um meine Geschichte vor der Monotonie zu bewahren, ja sie eigentlich erst in eine Geschichte zu verwandeln. Es gab nichts, das ins Phantastische hinübergespielt hätte. Esther hatte keine Perle am Hals, die plötzlich im Halbschatten zu leuchten begonnen hätte, und wenn sie mir in die Augen schaute, sagte sie nie »Hevel havolim, hakol hevel« …

Die Tage hatten sich abzukühlen begonnen, und an dem Abend, als Esther mir sagte, daß sie mit ihrer Familie nach Israel auswandern werde, war mir schon kalt geworden, bevor ich ihre Worte vernahm. Dann aber erstarrte ich vor Kälte. Wir hatten uns stillschweigend vorgenommen, uns nicht ineinander zu verlieben, aber möglicherweise hatte ich oder etwas in mir von mir unbemerkt die gesetzten Grenzen überschritten. Wir befanden uns in einem verwahrlosten, leeren Park, lehnten an einem Schachtisch aus Beton. Ich begleitete sie wie stets nach Hause, wir küßten uns wie immer, sagten nicht addio, nicht einmal auf Wiedersehen, und sahen uns dann niemals wieder. Ihr Flugzeug hob von einer mit Rauhreif überzogenen Startbahn ab – es war schon der Herbst 1986 –, ohne daß mein Blick ihm gefolgt wäre, bis es im wolkenverhangenen Himmel verschwunden war. Von nun an sollte sie in Haifa wohnen, einer Stadt, die dem Namen nach besser zu ihren Haaren und ihrem Blick paßte. Ich, im Lande und in Bukarest geblieben (und damals tatsächlich überzeugt, ich würde niemals die Gelegenheit haben, das Land zu verlassen), litt ein paar Wochen wie ein Hund. Dann begann ich zu vergessen. Ich schrieb ihr Briefe, obwohl ich mir sicher war, daß sie nicht zu ihr gelangen würden, ebenso wie mich niemals ein Brief aus Haifa erreicht hat.

Meine Geschichte hat einen Epilog, der sich zehn Jahre später zugetragen hat. Es war zur Zeit des Golfkriegs. Saddam hatte es geschafft, ein paar wirkungslose Raketen abzuschießen, die auf israelischem Boden eingeschlagen waren. Gelassen hörte ich mir den Bericht der BBC an, wo ein paar Zeugen, aus Rumänien emigrierte Juden, zu Wort kamen, als »Frau Esther X aus Haifa« – ein ganz anderer Familienname als der ebenfalls jüdische, den sie in Rumänien trug – plötzlich zu hören war: ihre gewohnte Stimme, zögerlich, unverwechselbar. Es war, als hätte plötzlich Durrells Justine aus dem Äther zu mir gesprochen. Am ganzen Leib zitternd, hörte ich den paar verängstigten Sätzen zu, rannte dann eine halbe Stunde lang treppauf und treppab durchs Haus und murmelte unzählige Male vor mich hin: »Hevel Havolim, hakol hevel« (»Vergeblichkeit der Vergeblichkeit, und alles ist vergeblich«), und dann versank alles im Schweigen.

Begegnung in Turin

Da ich schon immer ein starkes Gefühl für Vorherbestimmtes hatte, kann ich nicht so recht an Zufälle glauben, vor allem, wenn das Leben es mit den Koinzidenzen etwas übertreibt. Wenn in den Melodramen von einst und in den heutigen Telenovelas sich die in der Wiege getrennten Zwillinge wieder begegnen, Mütter und Söhne ihre Verwandtschaft in dem Augenblick entdecken, da sie dabei sind, sich zu heiraten, kriegen wir einen Lachanfall. Aber das Leben ist ein etwas komplizierteres Ding, als es sich unsere Fliegenhirne so vorstellen. Nun sag du, liebe Leserin, wie sollte ich auf das reagieren, was mir nur eine Woche nach der Niederschrift der vorherigen Geschichte geschehen ist? Dort hatte ich gesagt, ich könne mich nicht mehr erinnern, wie Nana, die Figur aus meiner Erzählung »REM«, in Wirklichkeit hieß. Sie war eine Frau, die ich nicht einmal kannte, mit der ich ein Abenteuer von einer Nacht hatte – ich hatte sie bei einer Literaturkreissitzung aufgetan und war zu meiner Überraschung ohne irgendwelches Vorgeplänkel in ihrer Einzimmerwohnung gelandet –, woraus sich das entwikkelte, was ich auch heute noch für den besten Text halte, den ich je geschrieben habe. Neunzehn Jahre lang hatte ich sie nicht mehr gesehen, als ich am vergangenen Freitag … Ich schaute etwas gelangweilt in den Fernseher, zappte von einem Sender zum anderen, als plötzlich

Nana, neunzehn Jahre älter, etliche Kilo rundlicher, aber ich will nicht ungerecht sein, vor mir auf dem Bildschirm erschien. Es ging um einen lächerlichen Poesiepreis. Was wollt ihr mehr? Am nächsten Tag schlug ich zufällig eine Zeitung auf und fand darin die Besprechung eines ihrer Gedichtbände, denn sie war keine Ingenieurin oder Angestellte, wie ich sie in »REM« beschrieben hatte, sondern Dichterin. Nachdem ich, ich wiederhole, neunzehn Jahre lang nirgends mehr ihren Namen gesehen hatte ... Wollt ihr noch mehr? Gut. Dann aber müssen wir Nana verlassen, und ich muß erzählen, daß ich zwei Tage später im Vorzimmer meines Zahnarztes saß und die Zeitschrift *Capital* durchblätterte, das heißt die Sondernummer der Zeitschrift, in der die fünfzig erfolgreichsten Frauen Rumäniens vorgestellt wurden. Und plötzlich brach ich zur Verwunderung der anderen Märtyrer, die wie ich noch auf ihre Folter warteten, in ein idiotisches Gelächter aus: Eine der fünfzig Frauen war eine frühere Geliebte von mir! Lassen Sie die Zeitschrift, suchen Sie nicht nach ihr, Sie werden ohnehin nicht erraten, welche. Wie auch immer, es war weder Andrea Martin noch Mihaela Rădulescu. Hätte ich nun tausend Geliebte gehabt, so könnte man dies für einen schlichten Zufall halten, so aber ... Und wenn Sie nun noch mehr, sehr viel mehr als dies hier erfahren wollen, lesen Sie das Folgende, aber legen Sie vorher die Sicherheitsgurte an.

Denn wiederum ein paar Tage nachdem ich erfahren hatte, wieviel Geld meine ehemalige Geliebte heute macht, fuhr ich nach Turin. Was ich dort zu tun hatte, ist unwichtig. Von Bedeutung ist allein, daß Turin mir zu einer unerwarteten Offenbarung wurde. Zu meiner

Schande wußte ich bis dahin bloß, daß die Stadt irgendwo in Norditalien liegt und daß dort die Fiat-Automobile hergestellt werden. Mein Freund Marco erwartete mich auf dem Flughafen. Sie können sich meine Skepsis bei seinen Worten: »Ich vermute, du wußtest, daß Turin eine magische Stadt ist« wahrscheinlich vorstellen. Nach einer kurzen Pause fügte er noch hinzu: »Manch einer benutzt sogar die dramatischere Bezeichnung: diabolisch ...« Im Auto, da ich etwas benommen die Umgebung betrachtete, wie immer, wenn ich plötzlich in einem anderen Land bin, fuhr Marco fort: »Es heißt, alle Städte zwischen zwei Gewässern sind der Zauberei günstige Orte. Turin ist ein solcher Ort. Seine Finsternisse sind um so tiefer, als seine Oberfläche rational zu sein scheint. Denn was könnte heiterer sein als die schneebedeckten Alpen, auf die sich die Stadt spektral projiziert? Als ihre strenge und klassische Architektur? In Turin kannst du tagelang herumlaufen, ohne unter den Säulengängen hervorzukommen: kilometerlange Galerien säumen die Fassaden der massiven viereckigen Gebäude. Aber gerade diese Kolonnaden, die sich in endlosen Perspektivierungen verlieren, werden nach einiger Zeit ..., nun ja, beunruhigend, bedrückend wie bei de Chirico ...« Der Professor wandte sich mir zu und schaute mir in die Augen: »Und dann solltest du nicht vergessen, daß hier im Dom *La Sindone* aufbewahrt wird, das Leichentuch, in das der Erlöser eingewickelt war und das sein Abbild bewahrt. Das ist keine Spielerei. Jede Stadt, in der es aufbewahrt wurde, vom Edessa des legendären Königs Abgar bis hin zu Turin, ist von mysteriösen Kräften durchtränkt worden ...«

In der Stadt angekommen, nahm ich mir ein Zimmer in einer Pension und zog, durch die Erklärungen Professor Marcus' beunruhigt, gleich hinaus auf die Straßen. Aber die Stadt wirkte sehr friedfertig. Paläste, die eher nach Rathäusern aussahen, Statuen von Savoyerfürsten auf bronzenen Pferden und schließlich die berühmten Portici. Touristen, buntes und durchmischtes Volk. Wo war die Magie der Stadt zwischen den Flüssen? Abends trafen wir uns mit ein paar weiteren Freunden, meinem Übersetzer Bruno, der Familie Pop aus Cluj und anderen, und aßen in einer sehr malerischen Trattoria. Dann gingen wir hinaus unter die Sterne. »Jetzt werdet ihr gleich etwas sehen, das ihr noch nie gesehen habt«, sagte Bruno. Wir gingen durch schwach beleuchtete Straßen, als plötzlich hinter der nächsten Ecke ein ungeheures Monstrum vor uns auftauchte. Ein Gebäude etwa so hoch wie der Eiffelturm. Ein riesiges Gewölbe, dem (das werden Sie nicht glauben, niemand würde so etwas glauben) zwei griechische Tempel aufgesetzt waren, einer über dem anderen, und über diesen erhob sich ein schmaler Turm von etwa hundert Metern, der an seiner Spitze einen enormen Stern trug! Doch dieses verrückte Gebäude kann man nicht beschreiben, man muß es mit eigenen Augen sehen. »Es ist die berühmte Mole Antonelliana, das Werk eines genialen und verrückten Architekten aus dem 19. Jahrhundert. Herrlichkeit und Groteske, reiner Kitsch, jedoch in einem Maßstab, da Kitsch phantastisch, überwältigend wird. So etwas gibt es nicht noch einmal auf der Welt«, sagte man uns. Nachdem wir uns beim Betrachten dieser gewaltigen Absonderlichkeit inmitten der Stadt die Hälse verrenkt hatten, gingen wir noch ein paar

Schritte, um das Haus zu sehen, in dem Nietzsche zu der Zeit gelebt hat, als er sein vernichtendes Buch *Ecce Homo* schrieb. Völlig erschöpft kehrte ich in meine Pension zurück. Nietzsche, Antonello und das Leichentuch Christi spukten mir die ganze Nacht im Kopf herum.

Am nächsten Morgen schauten wir uns die Ausstellung eines Futuristen an, Fortunato Depero (geometrische und bunte Malereien, pastellfarbene Himmel-und-Hölle-Spiele, Vögel), und dann ging ich ins »L'Egizio«, das berühmte ägyptologische Museum, »das größte nach Kairo«, wie man es uns empfohlen hatte. Und hier hatte ich die seltsamste Begegnung meines Lebens. Umsonst verdächtigen Sie mich, zu fabulieren oder gar aufzuschneiden. Alles war real, real und nochmals real.

Bloß die Familie Pop und ich betraten das Museum. Was soll ich sagen? Ich bin nicht gerade verrückt nach Mumien, Sarkophagen, Urnen und Göttern mit Vogelköpfen. Hier gab es sie zu Hunderten, Tausenden. Gewaltige Papyrusstreifen, verfaulte Holzstücke mit den Karten der jenseitigen Welt. Schädel mit runzliger, schwarzer Haut, skelettierte Hände mit versteinerten Fingernägeln. Vitrinen mit grünspanüberzogenen Skarabäen und einbalsamierten Ibissen. Eine finstere Nekropolis umgab uns. Die Touristen, winzig unter den großen Pharaonenstatuen, gingen dahin und dorthin, von Führern geleitete Gruppen eilten durch die eisigen Flure.

Eine der Gruppen bestand aus Schulkindern. Sie hatten sich um eine Vitrine versammelt, und aus ihrer Mitte war eine Frauenstimme zu vernehmen, automatenhaft und professionell. Seltsam aber, man sah keine Führerin! Und noch seltsamer: Die Kinder lauschten den Erklärungen mit einer unerwarteten Ernsthaftigkeit. Ich ging näher heran. Anfangs dachte ich, es spreche eben ein Kind, obwohl es eine erwachsene Frauenstimme war. Doch schließlich sah ich sie und erstarrte.

Wie soll ich sie bloß beschreiben? Einem solchen Wesen war ich noch nie begegnet, weder im Traum oder in der Malerei noch im Kino. Sie stand unter den Kindern, war kleiner als die meisten von ihnen, ein Mädchenkörper ohne Spur eines Busens, der sich zu einem merkwürdigen Antlitz aufschwang – als wollte er davonfliegen. Schmale, zögerliche Hände! Etwas gänzlich Unmögliches in der gesamten Konstruktion dieser Gestalt. Und das Gesicht …, ganz sicher kein menschliches Gesicht. Leicht feminin, aber wie ein Pilz vom Mondlicht angezogen. Wie könnte ich jene unter den Augen verlaufenden Ringe beschreiben, jene schweren und glanzlosen Augen, den Ausdruck nicht von Trauer, auch nicht von Hoffnungslosigkeit oder Schmerz; etwas, das noch niemals im Gesicht eines Menschen aufgetaucht war … Oder jene graue, kautschukähnliche Haut … Die Zwergin sah niemanden an. Solange ich fasziniert und wie von Sinnen hinter den Kindern stand, hat sie kein einziges Mal jemanden angesehen. Auch sonst schaute sie nichts an. Sie sprach bloß. Ein kaltes Italienisch wie vom Tonband. Nach ein paar Minuten schwieg sie plötzlich und kam zwischen den Kindern hervor. Ich sah, wie sie allein über den Flur bis zum nächsten Exponat schwebte. Auch ihr Gang war nicht der unserer Spezies. Sie humpelte an einem Bein, und mit dem anderen stieß sie sich vom Boden ab, damit sie fliege. Dabei schaute sie nichts an, ließ sich offenbar von einem mysteriösen Gefühl leiten. Ebenso unvermittelt blieb sie vor einer anderen Vitrine stehen und wartete, indem sie zarte und unverständliche Bewegungen mit ihrem Kinn und den Fingern vollführte, damit die Kinder näher kämen. Diese schubsten sich nicht herum, lachten nicht, schauten nicht in die Luft und auf die Wände, wie es die Kleinen gewöhnlich tun, wenn man sie gegen ihren Willen ins Museum führt, sondern schleppten sich fasziniert, wie Gefangene, hinter ihrer Führerin her und umringten sie schweigend. Von da an habe ich nichts mehr vom Museum gesehen. Ich machte mich von den beiden Pops unabhängig – sie wollten unbedingt in eine Grotte, die mit unzähligen geometrisch angeordneten ägyptischen Gestalten ausgemalt war – und schloß mich der Kindergruppe an. Ich war ein Kind unter Kindern, das fortwährend begierig die zwergenhafte Führerin betrachtete, aber sie war keine pathologische Zwergin, kein Fall von hypophysischem Nanismus, sondern irgendwie metaphysisch, so als hätte die Nähe des Leichentuchs oder der phantastischen Mole Antonelliana irgendwann einen Fötus in einen unglückseligen Schoß ausgestrahlt und solcherart diese nie dagewesene Fee produziert, die nun über Dynastien und Bestattungsbarken sprach. Nach über zwei Stunden verließ ich völlig benommen und mit Gänsehaut an den Armen das Museum. Als sie mit den Kindern fertig war, schwebte sie allein einen Flur entlang, wobei sie ein Bein nachzog, und stieg dann auf einer schmalen Treppe ins Untergeschoß hinab. Ich ging hin, zu sehen, wo sie hingegangen war: Es war eine Wendeltreppe, und schon von der zweiten Drehung an war die Finsternis undurchdringlich …

Ich habe die ganze Nacht von ihr geträumt. Sie war

hinter mir her. Ich wußte nicht, wohin ich mich vor der Schwere ihrer saturnischen Augen retten könnte. Wir befanden uns in einem leeren Museum, nur wir beide, und sie verfolgte mich zwischen den Sarkophagen. Sie humpelte und warf beim Gehen eine Schulter hoch, dann holte sie mich ein und berührte mich mit ihren schmalen Händen. Umrundete ich eine Granitsäule, so stand ich ihr von Angesicht zu Angesicht gegenüber, feucht und glitschig. Ich schlug ihr ins Gesicht, zerkratzte sie mit den Fingernägeln. Schlitzte sie mit einem Messer auf, das ich irgendwie zu fassen gekriegt hatte. Sie stürzte, erhob sich und folgte mir aufs neue. Um Mitternacht wachte ich auf, am ganzen Leibe zitternd, ein Grauen hatte mich gepackt, wie ich es noch niemals vorher empfunden hatte. Ich machte das Licht an und las bis zur Morgendämmerung.

Und am nächsten Tag, nach den Kongreßsitzungen, gingen wir die Mole Antonelliana besichtigen, die erst kürzlich in ein Filmmuseum umgewandelt worden war. Wir schritten durch das gedämpfte Licht der enormen Kuppel, die im Inneren von einer Spirale durchzogen wurde, auf der man etwa fünf Stockwerke hochsteigen konnte, wir standen ein paar Stunden vor der Sammlung mit Filmplakaten, legten uns in die Sessel, um alte Filme von Lumière und Méliès anzuschauen, die auf große Leinwände projiziert wurden, und sind dann durch zig Kinoräume gezogen, die in allen möglichen Stilen gestaltet waren – vom Art déco bis zur Pop-art, vom Empfangsraum eines Freudenhauses im New Orleans des beginnenden zwanzigsten Jahrhunderts bis hin zur typischen amerikanischen Wohnung der fünfziger Jahre.

Schließlich fuhren wir mit einem Aufzug mitten durch die Kuppel, ein langsames Höhergleiten, schier unsagbar befremdlich, denn durch das Kristallglas des Fahrstuhls konnte man das mit obskuren Ornamenten überladene Kupfer im Inneren des Kegelstumpfs betrachten, dabei wechselte die Perspektive immer schneller, je näher man der Spitze kam. Die Leute, die allmählich immer tiefer unter uns zurückblieben, wirkten in ihren blutroten Sesseln und jenem dichten Halbschatten wie Objekte eines sinistren Experiments.

Endlich gelangten wir zu den übereinanderstehenden Tempeln, auf eine Terrasse, die sie an allen Seiten umspannte. Auf unserer Seite sah man das weiß leuchtende Panorama der Alpen. Ich schaute sie mir genußvoll an. Marco an meiner Seite nannte mir den Namen jedes prominenteren Gipfels und jedes Gewässers, das sich in der Ferne durch die Landschaft schlängelte. Ich ließ ihn mit einer Rumänin und deren chinesischer Freundin plaudern, die, als sie gehört hatten, daß wir Schriftsteller sind, begierig waren, uns zu fotografieren, und umrundete die Terrasse, um zum Panorama der Stadt zu gelangen.

Und dort fand ich mich dann plötzlich, allein auf einer der gesamten Stadt zugewandten Terrasse, der Frau aus dem Museum gegenüber! Sie stand da, die Schulter an die Balustrade gelehnt, hinter der sich Turin mit seinen Dächern, Wänden und Kuppeln bis zum Horizont erstreckte. Vor dem Hintergrund der magischen (und vielleicht auch diabolischen) Stadt hob sie sich wie eine Sibylle, eine Allwissende, ab. Eigentlich schien sie eine Protuberanz der Stadt zu sein, mir zugeschickt; hier oben hatte sie mich gestellt, einhundert Meter über den endlosen Arkaden. Diesmal schaute sie mich an. Bestimmt hatte sie mich wiedererkannt, aus dem Museum oder aus dem Traum. Wieder stellten sich mir die Haare an den Armen auf vom Adrenalin. Und trotzdem dachte ich keinen Augenblick lang daran, abzuhauen, zurückzukehren zu den beruhigenden Alpen auf der anderen Seite. Ich ging auf sie zu, bis ich direkt vor ihr stand. Nie zuvor habe ich ein stärkeres Gefühl von Vorbestimmtheit empfunden. Es mußte etwas geschehen. Jetzt, jetzt ist es soweit, sagte ich mir. Und es geschah, denn die Frau, die mir bis zur Brust reichte, hob ihren saturnischen Kopf, schaute mir in die Augen und flüsterte »Mircea«, und zwar mit der Intensität, mit der man sich mitunter aus sehr kurzer Distanz beim Namen gerufen hört, aus dem eigenen Kopf heraus, dem Zentrum des eigenen Hirns, wenn man sehr müde ist oder kurz vor dem Einschlafen. Alles war real, real, real. Unser Blickkontakt ebenso wie der nicht wirklich menschliche Ausdruck ihrer Augen. Dann, ich konnte nicht anders, flüchtete ich auf die andere Seite der umlaufenden Terrasse. Es hatte mir die Sprache verschlagen, Marco und Bruno waren zutiefst erschrocken. Bruno, etwas mutiger, rannte auf die andere Seite der Plattform: »Nichts Besonderes«, sagte er, als er wiederkam, »Touristen und noch mal Touristen …« Ich konnte kaum den Fahrstuhl abwarten, in den wir uns mit den Japanern und Schweden hineindrängten, die mit uns die Stadt und die Alpen betrachtet hatten. Ich weiß nicht einmal mehr, wie ich wieder unten auf dem glänzenden Mosaik der gewaltigen Halle ankam. Ich weiß nicht, wie ich an jenem Nachmittag mit dem Flugzeug geflogen bin, wie ich in Otopeni das Taxi genommen habe und wie ich zu Hause angekommen bin.

Erschüttert und beängstigt bin ich noch heute.

Irish Cream

Ich weiß nicht, ob Sie mal Gelegenheit hatten, in einem Auto zu reisen, dessen Lenkrad auf der rechten Seite war und das auf der linken Straßenseite fuhr, also auf britische Art. Es ist eine der seltsamsten Erfahrungen, die man machen kann. Es gibt Erkrankungen des Gehirns – Oliver Sacks listet sie in einem berühmten Buch auf –, die Täuschungen verursachen, die Spanne reicht von amüsanten bis zu höchst schrecklichen Eindrücken: Man kann das Gefühl haben, es fehle einem die eine oder andere Körperhälfte, man kann dahin gelangen zu glauben, die nächsten Personen, die eigene Frau beispielsweise oder der Vater, seien nicht mehr sie selbst, sondern ersetzt worden durch Wesen, die ihnen bloß gleichen und die gegen einen selbst konspirieren, oder man gelangt zu der bizarren Vorstellung, man sehe sich selbst von hinten, in einem Abstand von einem Meter, wie in manchen Computerspielen. So etwas spürt man auch, wenn nicht das eigene Gehirn, sondern die einen umgebende Welt kopfsteht. Sich auf der falschen Straßenseite zu bewegen ist wie im Traum. Etwas stimmt nicht, beim ersten Blick ist es zwar unbedeutend, aber es stellt das gesamte Universum in Frage. Und damit schließlich auch die eigene Stellung darin. Ich kauerte auf einem der Rücksitze des enormen Rover und konnte an jenem irischen Abend den Eindruck nicht loswerden, wir führen auf der verkehrten

Seite und würden jeden Augenblick mit einem anderen Auto zusammenstoßen.

Nun war mein Verstand nicht so unschuldig, wie Sie es sich vielleicht vorstellen mögen. Bei einer Rast in einem Pub unmittelbar hinter Belfast hatte ich *Irish Coffee* bestellt. Damals hatte ich keine Ahnung (es war 1993), was dies war. Ich wollte etwas Autochthones, wenn ich schon im Land der Druiden, des Guinness-Biers und von Joyce war. Auf einem Tablett hatte man mir ein großes Glas, etwa wie ein Cognacschwenker, voll heißem Kaffee und zwei Blättchen *After Eight* in ihren dunkelgrünen Papiertütchen gereicht. Als ich mich vom Tisch erhob, merkte ich – was ich erst einmal kaum glauben konnte –, daß ich torkelte. Denn in Irland besteht ein *Irish Coffee* eher aus Whiskey denn aus Kaffee. So daß meine Verwirrung, als es allmählich dunkler wurde und die Ortschaften an uns vorüberglitten, immer stärker wurde. Wir überquerten die (rein imaginäre) Grenze zur Republik Irland und schlugen uns dann zwischen den Hügeln durch Richtung Annaghmakerrig. Mittlerweile war es finstere Nacht. Der Chauffeur war auch nicht ganz maulfaul und palaverte in einer ganz und gar eigenen Sprache. Von zehn sogenannten englischen Wörtern verstand ich eines. Zum Glück saß eine mitreisende Dichterin neben ihm und schien sich – obwohl sie kein Englisch konnte oder gerade deswegen – prächtig mit ihm zu unterhalten. Die andere kauerte neben mir in der anderen hinteren Ecke und schaute auf ihrer Seite zum Fenster hinaus. Neben diesen beiden war ich ein kleiner Junge. Ich weiß nicht, wer sich solch eine bizarre rumänische Kombination ausgedacht hatte. Die beiden haßten sich bis aufs Blut und hatten bis dahin, auf dem Flughafen Otopeni, dann im Tarom-Flieger nach Heathrow und schließlich mit Lingus bis Belfast, keinen Augenblick miteinander gesprochen. Wenn sie es weiter so hielten, konnte es tatsächlich unterhaltsam werden. Wir strebten der Mitte Irlands zu, zum Tyron-Guthrie-Kulturzentrum in Annaghmakerrig, wo wir zwei Wochen lang bleiben sollten.

Für ein so kleines Land war der Weg unerwartet lang. Wir erreichten das Schloß gegen Mitternacht, nachdem wir noch einmal gerastet und eiskaltes, wäßriges Guinness aus riesigen Bierkrügen getrunken hatten. Als der Chauffeur den Motor abgestellt hatte – im Scheinwerferlicht war eine sehr hohe fensterlose Mauer aufgetaucht –, umgab uns plötzlich eine vollkommene und nach dem ewigen Motorbrummen derart erholsame Stille, daß man es nicht wagte, sie zu unterbrechen. Als dann auch die Scheinwerfer ausgeschaltet waren, stieg ich unter dem phantastischsten Sternenhimmel, den ich je gesehen hatte, aus dem Auto. Eigentlich, so glaube ich, schreibe ich diese Zeilen nicht wegen der amourösen Geschichte, die nun folgt, sondern um mir selber die Freude und den Wahn zu gönnen, noch einmal jenen Novemberhimmel, jenen sternenweißen irischen Himmel zu beschreiben. Die Himmelskuppel hing schief, stützte sich an einer Seite auf die schwarze Brandmauer des Schlosses. Jenseits des schwarzen Mauerrechtecks barst der Himmel vor Sternen. Es war überwältigend, da waren mehr Lichtspots als Dunkel dazwischen. Sie waren unordentlich verstreut, häuften sich an der einen Stelle, waren schütterer an der anderen, zu großen Lichteinheiten konzentriert oder nur so hineingestreut in die eisige Luft. Es war grimmig kalt geworden, aber wir beeilten uns nicht, durch das Eingangstor zu treten, blieben vielmehr dort unten neben dem Auto stehen und schauten auf den leuchtenden und magischen Himmel, in den gewölbten Kosmos über der vollkommen finsteren Welt. Dort glitten Gletscher und Eisschollen aus strahlendem Licht herum, zerbröselten und verstreuten sich über unseren Köpfen.

Wir verzehrten ein frugales Abendmahl, einen hastig von einer schlaftrunkenen Köchin zerteilten *Pudding*, und wurden anschließend zu unseren geräumigen Apartments geleitet. Das Schloß war tief und verwinkelt wie Schloß Peleş. Wir gingen über endlose Flure, vorbei an Spiegeln, Kandelabern und allegorischen Bildern, stiegen über Treppen mit Regalen voll alter Bücher und kriegerisch anmutenden Waffenarrangements. Wir kamen durch viele, sehr viele gewaltige Räume, deren Decken zwei Stockwerke hoch waren. Alle waren sie dunkel und voll alter Möbel. Alle auch bocksteif gefroren, denn im Schloß war es kälter als draußen. Wie sollten wir bei solchem Frost vierzehn Nächte lang hier schlafen? Nachdem endlich die beiden Dichterinnen so untergebracht waren, wie sie es verdienten, in einer Art Mausoleum nämlich, ließ man auch mich in meiner Dreizimmergruft zurück. Ich verfügte über einen Salon, ein Studierzimmer (mit einem großen Globus aus Majolika in der einen Ecke und einer Sammlung alter Kupferstiche und Fernrohre) und ein Schlafzimmer, das eines Königs oder zumindest eines Barons würdig gewesen wäre; das von einem Baldachin überwölbte Bett stand mitten im Raum. Ich sagte gute Nacht zur schlaftrunkenen Köchin und stand plötzlich allein in totaler Finsternis. Dann tastete ich mich vor bis zur Schlafzimmertür, und als ich sie öffnete, sah ich einen bläulichen Halbschatten; schwarze Laubbäume und eine Unzahl Sterne füllten das Fenster aus. Ein trauriges und reines Licht. Neben dem Bett ließ ich den Koffer zu Boden fallen und öffnete seine Schlösser. Ohne die Windjacke herauszunehmen (schon der Gedanke daran bereitete mir Übelkeit), kramte ich nach dem Schlafanzug, gab aber schließlich auch das auf. Vor Kälte hatten meine Augen zu tränen und die Nase zu laufen begonnen. Meine Hände waren dermaßen kalt geworden, wie sie es seit der Militärzeit nicht mehr waren. Nein, ich würde in meinen Kleidern schlafen, anders ging es nicht.

Besessen von der Vorstellung, eine Nacht in schier polarer Kälte zubringen zu müssen, setzte ich mich auf den Bettrand. Doch da spürte ich durch das Bettzeug hindurch einen Anflug von Wärme, wahrscheinlich eine Halluzination. Ich tastete die Decke ab und sprang hoch. Sie war tatsächlich warm! Mehr noch, sie schien sich über einen massiven Leib zu wölben, als schliefe jemand zusammengekauert in meinem Bett. Die unsinnigsten Gedanken gingen mir durch den Kopf. Sie hatten die Schlafzimmer verwechselt, hatten mich möglicherweise zu jemand anderem ins Zimmer gesteckt. Selbst die Vorstellung eines Toten, dem man erst vor kürzester Zeit die Kehle durchgeschnitten hatte, schoß mir durch den Kopf. Ich stand auf. Nun zitterte ich richtig, und nicht bloß vor Kälte. Was war zu tun? Ich konnte niemanden herbeirufen, ja ich wußte nicht einmal, wo sich die Lichtschalter befanden. Wer war dort im Herzen von Irland, im Herzen des Schlosses, im Herzen des Zimmers und meines Bettes? Ich ging zum Fenster, suchte instinktiv das Licht. Aber meine Erinnerungen an *Wuthering Heights* … Das fahle Gespenst, das mit den Fäusten gegen die Fensterscheiben hämmert: Laß mich herein, laß mich herein … Das Fenster beschlug sofort von meinem panischen Atem. Kurzentschlossen ging ich zum Bett und riß – mit dem Mut der Verzweiflung – die Bettdecke fort. Mit offenem Mund begaffte ich wie ein Idiot das Spektakel unter dem Baldachin. Denn in meinem Bett, vertieft in einer Kuhle in der Matratze, lag ein Schaf!

Es lag auf der Seite und schlief, groß, mit zotteliger Wolle und wie aufgebläht, die gespaltenen Hufe steif zum Bettrand hingestreckt. Träumte ich? War ich durchgedreht? War ich in die Hände irgendwelcher surrealistischen Farceure geraten? Hatte man mir etwas in den Pudding gemischt? Der heruntergekommene Palast aus dem *Herbst des Patriarchen* fiel mir ein, in dem die Hühner herumliefen und die Kühe auf dem vaterländischen Balkon standen. »What now?« flüsterte ich mir zu. Ich mußte es vertreiben, es wenigstens aus meinem Schlafzimmer hinausbefördern. Aber wie zum Teufel sollte ich das anstellen? Mir graute vor dem Augenblick, da es plötzlich mit einem in dieser Stille schier apokalyptischen Geblöke aus meinem Bett hochspringen würde. Schließlich packte ich es an einem Ohr, und das Ohr fühlte sich wie ein Stofflappen an. Ich zog daran, und in seinem Bauch gluckste es träge. Nun betastete ich die in meine Richtung weisenden Beine. Es handelte sich um reglos daliegende Flanellschläuche. Ha, das war kein wirkliches Schaf!

Es war lediglich ein Sack voll heißen Wassers, aus Gummi, in der Form eines Schafes, eingepackt in eine aus Kunststoff gefertigte, gekräuselte Schaffellimitation. Das Geheimnis, wie man hier die Frostnächte überlebte. Einfacher als die gewaltigen, mit alten Möbeln vollgestellten Hallen zu heizen. Ich lachte schlaftrunken, nahm den Schlafanzug aus dem Koffer, zog mich blau vor Kälte aus, schlüpfte zähneklappernd in den Schlafanzug und kroch unter die Decke zu meinem heißen Schäfchen. Bis ich mit ihm in den Armen einschlief, zogen mir unter den Lidern die endlos langen Wegstrecken vorbei, die wir mit dem Auto zurückgelegt hatten, die fahlen Gebäude, in jedem gab es im Erdgeschoß einen Pub, deren Leuchtschriften zu beiden Seiten des Autos aufblitzten, die immateriellen Bäume, als wären auch sie einen Augenblick lang von den Scheinwerfern geblendet gewesen, um danach in der lichtdurchzüngelten Nacht zu verschwinden.

Am nächsten Morgen war das Schäfchen noch warm, aber nun müßt ihr es euch aus dem Kopf schlagen, denn nicht das Schäfchen ist die Heldin dieser Geschichte. Ich habe zwar allerhand erotische Phantasien, aber nicht von der Art. Hätte ich statt eines possierlichen Schäfchens eine Gummifrau in meinem Bett vorgefunden, so hätte es vielleicht …, weiß man's? Aber ich will das nun nicht umsonst weiter ausschmücken. Am nächsten Morgen lernte ich die irischen Dichter kennen, die unsere Gedichte in ihre Sprache übersetzen sollten, ein paar Jungs, die sich in den nächsten zwei Wochen ausschließlich dem Suff hingaben und im Chor finstere Balladen sangen:

There's a puuuub where wa all long to gooooo
Its naaaaame is heaaaaaaven …

Und sie taten noch etwas. Im Nebel, der so dicht war, daß man ihn mit dem Messer hätte schneiden können, und einem Frost wie zu Dreikönig rannten sie wie die Idioten mindestens zehnmal am Tag um den in der Nähe gelegenen See. Sie hatten ein paar Bräute angeschleppt, so eine Art hippiemäßiger *Groupies*, denen man überall begegnete, denn sie hatten sich auf alle Zimmer und über alle Flure des Schlosses verteilt. Sie trugen blaues Haar, grünes, hennarotes, sehr kurz geschnittenes, stacheliges und sahen überhaupt schlampig aus. Fast alle hatten sie rötliche Haut und waren von Sommersprossen übersät, wie Irländerinnen eben, die sie ja auch waren. Auch sie konnte man nicht verstehen, wenn sie sprachen. Fuck und fucking hin und fucking her, dabei sprachen sie es so aus, wie man es schreibt, das machte etwa dreiviertel ihres Geschnatters aus. Nachts, in jener vollendeten Stille, hörte man sie mitunter in den Tiefen des Schlosses kreischen vor Vergnügen. Außer dieser Fauna gab es im Schloß noch eine Person, Billy, dem alle gönnerhaft auf die Schultern klopften, einen Menschen, der ständig mit dem Schlauch die wilden Heckenrosensträucher vor den Mauern bewässerte. Er hatte eine zerrissene und schäbige Arbeitsjacke an, trug mitunter auch Reisig für das Feuer herbei, war zweifellos der Gärtner oder Hausbesorger oder alles in einem, dachte ich. Erst am Schluß sollte ich erfahren, daß Billy eigentlich der Direktor des Tyron-Guthrie-Zentrums war, das uns beherbergte, und darüber hinaus ein weltweit bekannter Dramaturg.

Er war es auch, der mir zum ersten Mal die Geschichte mit der Gräfin erzählte. Am dritten oder vierten Tag saß er plötzlich neben mir am Tisch, als ich mit dem Löffel im ewigen *Pudding* herumrührte. »You doin' OK?« fragte er mit vollem Mund. »Yeah, fine«, antwortete ich mit meinem Iowa-City-Englisch. Wie geht es mit den Gedichten? Well … es schleppte sich so dahin, denn unsere Dichterinnen waren verdammt eingenommen von sich selbst, waren nie zufrieden mit der endgültigen Form der Übersetzung, obwohl sie kein Wort Englisch konnten. Sie hatten schlicht und einfach den Eindruck, die Gedichte klängen nicht gut. Die verrückten irischen Dichter andererseits unterzogen sich nicht der Mühe, sich meine Rohübersetzungen anzuhören: Sie schrieben eigenmächtig das hin, was ihnen so durch den Kopf ging. Sie waren von ihrem fortwährenden *Hangover* dermaßen mufflig und mürrisch geworden, daß Gedichte so etwa das letzte waren, was sie interessierte. Der Aufenthalt in Annaghmakerrig war für sie ein Geschenk des Himmels, sie hatten nicht damit gerechnet. Und nutzten es nun in vollen Zügen. »Have you met the countess yet?« Welche Gräfin? Wie, hatten denn diese unglückseligen (»those buggering bastards«) irischen Dichter noch nichts davon erzählt? Das Schloß von Annaghmakerrig verfügte über ein Gespenst, dafür gab es Dutzende vertrauenswürdige Zeugen. Ob ich denn die Urkunde im zweiten Stock nicht gesehen hätte, sie hänge dort eingerahmt an der Nordwand. Nein, ich hatte sie noch nicht gesehen. »Hm … well, it's a long story, I'll try to make it short.« Also im sechzehnten Jahrhundert soll die gräfliche Schloßbewohnerin in einem der Gemächer erstochen worden sein. (In welchem? Das bleibt geheim. Jeder Gast möge glauben, es sei in seinem Schlafzimmer geschehen.) Seitdem findet sie keine Ruhe mehr. Ab und zu erscheint sie einem hier übernachtenden Gast. Nationalistin bis in die Haarspitzen (»Heute würden wir sie *right-wing extremist* nennen«, grinste Billy), zeige sie sich nur reinblütigen Iren … »Oh«, sagte ich und versuchte, enttäuscht auszusehen. »But there's still hope.« Du kannst jederzeit, und sei es auch nur für eine Nacht, zum reinen Iren werden: es reicht, wenn man auf einmal eine ganze Flasche irischen Whiskey austrinkt! Dann kann es geschehen, daß sich das Gespenst der Gräfin auch einem *foreigner* zeigt … »I'll buy you a bottle sometime, *Mirsea*«, sagte Billy noch und erhob sich vom Tisch. »Fuck the countess«, sagte ich mir und versuchte, den geruchlosen, farblosen und geschmacklosen *Pudding* hinunterzuwürgen, auch achtete ich darauf, »fuck« so auszusprechen, wie es geschrieben wird.

An den Vormittagen übersetzten wir heftig, es wurde zunehmend alberner, und die Nachmittage verbrachte ich zwischen den beiden Dichterinnen, damit sie nicht wie die wilden Katzen übereinander herfielen (nach wie vor weigerten sie sich beharrlich, miteinander zu sprechen, prusteten bloß verächtlich, wenn die Gedichte der jeweils anderen gelesen wurden, und nahmen mich abwechselnd beiseite, um mir die politischen und sexuellen Kompromisse der jeweils anderen im vergangenen Regime zu enthüllen), und am Abend konnte ich es kaum erwarten, zu meinem Schaf zurückzukehren, das mich stets geduldig und heiß erwartete. Nach zehn Tagen hatte ich das grüne Irland gründlich satt (eigentlich gab es nichts als Rauhreif und Nebel in jenem November). Bloß die bestirnten irischen Nächte waren weiterhin unvergleichlich, beängstigend schön. Man hätte unter jenem gewölbten Himmel sterben mögen, auf dem sich die Sterne wie reinstes Heroinpulver verstreut hatten …

Bis zum Schluß waren alle verblödet. Der Gedichtband war fertig und in den ersten Laptop eingegeben, den ich je gesehen habe. Obwohl er dick war wie ein Stück Holz und einen gelb-schwarzen Bildschirm hatte, kam er mir wie ein Wunder vor. Angesichts der im Suff angefertigten Übersetzungen konnte man sich nur bekreuzigen, sie standen im Vollrausch gezeugten Kindern in nichts nach. Hätte man unsere Gedichte ins Rumänische zurückübersetzt, es wäre etwas in der rumänischen Literatur noch nie Dagewesenes dabei herausgekommen … Aber was hatte das schon zu bedeuten? Am letzten Abend kamen die fröhlichen Jungs mit elektrischen Gitarren an und spielten für uns, die herumwuselnden *Groupies* begleiteten sie, auch sie waren so besoffen, daß ihnen nichts anderes mehr einfiel als:

> There's a puuuub where wa all long to gooooo
> Its naaaaame is heaaaaaaven …

Das aber war genial im Vergleich mit unserer Antwort, denn sie hatten uns genötigt, etwas Rumänisches zu singen, etwas Spezifisches … Nach einer eiligen Beratung mit den antagonistischen Dichterinnen konstatierten wir, daß das einzige Lied, das wir alle drei kannten, »Denn so saufen gute Leut'« war, das wir nach einigen fruchtlos vorgetragenen Ausflüchten dreistimmig vortrugen, und diese drei Stimmen unterschieden sich noch stärker voneinander als unsere poetischen Sprechweisen. Eine der Dichterinnen greinte in einem tiefen Alt in der

Art einer ungeschärften Baumsäge, während die andere, männlicher, die Iren mit dem Klang einer feuchten Grotte, ja eigentlich einer leicht unanständigen Klangfarbe überraschte. Unsere Reime müssen den Landsleuten von Leopold Bloom verdammt bizarr in den Ohren geklungen haben … Dann haben wir uns alle den Rest gegeben, wir fraternisierten, küßten uns und tanzten bis spät nach Mitternacht. Billy, der Wort gehalten hatte mit der Whiskey-Flasche (Jameson), rezitierte eine Menge gälischer Gedichte: Sie klangen genauso bizarr wie unsere »guten Leut'«. In einer Ecke bemühte auch ich mich, »wenigstens für eine Nacht« ein waschechter Ire zu werden. Aber es gelang mir nicht. Ich kam über die Hälfte nicht hinaus.

Es scheint jedoch, als sei mein Bemühen letztlich belohnt worden, denn … in jener Nacht besuchte mich die Gräfin! Die Legende hat sich also tatsächlich bestätigt! Sie war nicht neblig und immateriell, hat nicht mit Ketten gerasselt und auch nicht mit den Fäusten an die Fensterscheiben gehämmert (let me in, let me in etc.), aber sie war eine Gräfin, wie man noch keine gesehen hat, das immerhin. Etwa eine Stunde nachdem ich mich, diesmal tatsächlich angezogen, auf mein Bett mit Baldachin und heißem Schaf geworfen hatte, weckte mich das Quietschen der schweren Schlafzimmertür. Nun sah ich also die Gräfin, wie sie zur Tür hereinschlüpfte, hell vom kräftigen Sternenlicht beschienen auf der einen, dunkel und rätselhaft dafür auf der anderen Seite. Auch sah ich das Schaf davonfliegen und schwer neben dem Bett aufschlagen. Die Gräfin kam zu mir ins Bett, sie roch nach Whiskey, daß es einem den Atem verschlug. Ihre Hand fuhr mir zwischen die Beine, und ihre Zunge mit der kleinen Metallkugel in der Mitte glitt mir in den Mund. Ich drückte den Kopf der Gräfin an meine Brust und spürte das vom trockenen Spray zu Tausenden kleinen Spitzen geformte Haar. Unter ihrer Bluse betastete ich die Brustwarzen. An der einen fand ich einen kleinen Messingring. Ich zog der Gräfin das Höschen aus, ihr Schamhaar war schütter und rauh. Die Gräfin flüsterte wirres und leidenschaftliches Zeug: fuck hin und fuck her. Dann hatte ich die Fesseln der Gräfin in den Händen, sie waren eiskalt (erwärmten sich jedoch im weiteren Verlauf). Die ganze Nacht über drang ich in die Gräfin ein, oftmals, auf die unterschiedlichsten Weisen und an verschiedenen Zugängen, bis die Gräfin im Herzen meines Bettes, im Herzen des Schlafzimmers, im Herzen des Schlosses im innersten Herzen von Irland, dem Land der Druiden, des Guinness-Biers und von Joyce, vor Vergnügen greinte. Gegen Morgen wälzte sich die nackte Gräfin in meinem Bett herum und suchte ihre Strümpfe, sie hatte grünes Haar. Auf eine Pobacke der Gräfin war mit dickem Filzstift TAKE geschrieben und auf die andere ME. Dann verschwand die Schrift unter einem winzigen Stück Stoff und der Messingring unter einem anderen, die kleine Metallkugel glänzte noch in einem kurzen »Bye!« auf, und das Phantom verschwand, als wäre es nicht wirklich dagewesen …

Am Morgen umarmte ich neben den Steinmauern des Schlosses Billy zum Abschied, er war der einzige, der so früh aufgestanden war, um sich von uns zu verabschieden. Er ließ die Heckenschere, mit der er den lebenden Zaun beschnitt, einen Moment lang auf den Boden gleiten und fragte mich freundschaftlich: »Have you finally seen the fucking countess?« Der Morgennebel war so dicht, daß ich ihn kaum sehen konnte. »I believe I did«, antwortete ich und wandte mich dem massiven Rover zu, der beim Tor schon auf uns wartete.

Die Dichterinnen, die niemals ein Wort miteinander gewechselt hatten, saßen schon im Auto. Der Chauffeur brummte etwas in seinem unverständlichen Englisch und betätigte den Zündschlüssel. Wir preßten einen Kreisbogen in den Rauhreif und erreichten die Landstraße. Dann verschwand hinter uns das heimgesuchte Schloß von Annaghmakerrig, und wir rasten wieder wie besessen auf der Gegenfahrbahn über die verschlungenen Wege Irlands.

Der Gegenstand, der mich inspiriert

Als ich ein kleiner Junge war und die Broschüren der Sammlungen »Club der Verwegenen« und »Wissenschaftlich-phantastische Geschichten« las, besser gesagt verschlang, wenn ich atemlos die spinnerte Hauptgeschichte in mich eingesogen hatte – über den Fluch der Pharaonen, riesige Gorillas, Marsmenschen mit vier Fingern an der Hand –, überflog ich anschließend leicht verblüfft auch so eine Art Addenda, ein paar Seiten am Ende der Broschüre mit Witzen und Merkwürdigkeiten aus dem Leben der Wissenschaftler, Künstler oder Schriftsteller. Gewöhnlich waren die dort präsentierten Gelehrten sehr zerstreut, der eine hatte seine Armbanduhr statt des Frühstückseis gekocht, ein anderer war mit verschiedenfarbigen Schuhen auf die Straße gegangen, wieder ein anderer hatte an seiner eigenen Wohnungstür geklopft und gefragt, ob er zu Hause sei … Die meisten von ihnen schienen so verrückt gewesen zu sein, daß man sie in die Zwangsjacke hätte stecken müssen. Ja selbst die Schriftsteller schienen allesamt wahnsinnig gewesen zu sein: Der eine mußte sich, um schreiben zu können, Frauenkleider anziehen, ein anderer konnte ohne den Geruch fauler Äpfel seine Feder nicht in die Tinte tauchen. Wieder ein anderer warf seine Bleistifte vom ersten Stock aus dem Fenster und horchte auf ihr Geräusch beim Aufschlagen auf dem Pflaster: Es inspirierte ihn … Einer trank bis zu zwanzig Tassen Kaffee pro Tag, und ein anderer stritt eine Stunde lang mit sich selbst, riß sich die Haare aus und begann dann erst zu schreiben ... Viele mußten einen bestimmten Gegenstand auf dem Schreibtisch stehen oder liegen haben, denn nur wenn sie diesen betrachten konnten, kam ihnen die Inspiration. Was gab es da nicht alles unter diesen Gegenständen! Die drei Affen: sieht dich, hört dich, fragt dich. Ein Damenstrumpfband, ein Glasauge, die Büste irgendeines Philosophen (aber auch die waren nicht gescheiter: fast alle, das hatte ich dort erfahren, endeten von Läusen zerfressen!), ein Fingerhut, das Schlüsselbein eines Truthahns, ein Einmachglas, in dem ein kleiner Fötus mit einer komplizierten Geschichte schwamm, eine angefaulte Schleife ... Welch einen pittoresken Haufen bildeten doch diese illustren Herren! Also hatte Mutter recht, als sie sagte, wo viel Verstand ist, sei auch viel Dummheit. Wenn ich die Broschüren ausgelesen hatte, bis hin zu den technischen Daten, schaute ich mir noch einmal fasziniert den Umschlag an, auf dem mich das Gesicht eines Korsars angrinste, und dachte, wie gut es doch wäre, wenn auch ich einmal Schriftsteller würde (ich hatte schon ein paar Geschichtchen geschrieben). Auch fragte ich mich, welche Eigenheiten ich dann hätte. Vielleicht würde man in hundert Jahren auch über mich dort am Ende dieser Broschüren wie über Balzac, Alexandre Dumas, Maupassant oder Tolstoi schreiben: »Mircea Cărtărescu (1956–...) setzte sich niemals an den Schreibtisch, wenn er nicht sichergehen konnte, daß er vor seinen Augen ...« Was sah? Wer weiß, was für ein Ding. Damals konnte ich es nicht wissen. Die Schriftsteller wurden gewöhnlich ganz plötzlich verrückt, wenn sie schon erwachsen waren. Eines Nachmittags, ich hatte nichts zu tun, versammelte ich auf meinem »Schreibtisch«, an dem ich sonst meine Hausaufgaben für die Schule machte, mehrere disparate Gegenstände, etwa von der Art, wie man sie einem Einjährigen auf die Spielablage legt, wenn man ihm den Zopf abschneidet. Ich hatte mir vorgenommen, mir davon einen auszuwählen und meinen Schulkameraden zu sagen, er inspiriere mich, ich könne ohne ihn nicht schreiben. Ich kann mich nicht mehr erinnern, was ich mir da hingelegt hatte, ganz bestimmt aber einen Reißverschluß aus einem Rock meiner Mutter, einen gelben Holzbaustein aus dem »Arcor«-Baukasten und wahrscheinlich eine gläserne Röhre aus dem alten Radio mit dem grünen Auge, das auf dem Kleiderschrank stand. Ich hatte sie aus ihrer Verankerung gelöst und sorgfältig den Staub von ihr abgewischt ... Jeden dieser Gegenstände hatte ich in die Hand genommen, ihn mir prüfend vor die Augen gehalten, von allen Seiten betrachtet und versucht, ein klein bißchen Inspiration zu spüren. Wenn überhaupt, dann wollte mir die Röhre aus dem Radio etwas sagen. Am nächsten Tag nahm ich sie mit in die Schule, aber als ich sie meinem Banknachbarn zeigte, konfiszierte die Lehrerin sie (die berühmte Frau Gionea) und gab sie mir nicht mehr zurück. Damit schien meine Schriftstellerkarriere endgültig kompromittiert zu sein.

Die Ironie des Schicksals will es, daß ich heute, wenn schon nicht aufgrund meines Talents, so doch wenigstens durch meine Wunderlichkeiten die lange Reihe der manischen Schriftsteller aus den Almanachen und Broschüren ergänze. Auch mich hat der Fluch der Pharaonen ereilt. Ein kleiner Gegenstand, der in meiner ursprünglichen

Schau mit Sicherheit nicht vorkam (denn ich geriet erst fünf Jahre später, im Frühjahr 1973, in seinen Besitz), wurde mir derart unverzichtbar wie Balzac die Affen und Goethe (wenn ich mich richtig erinnere) die Bleistifte. Es geht anscheinend nicht anders. Niemals würde ich ihn jemandem zeigen, und zwar nicht allein aus Angst, er könnte mir gestohlen werden, und dann auf Wiedersehen *Orbitor III* und was danach noch alles kommen könnte, sondern weil er etwas ... Intimes ist, das man unmöglich weggeben kann. Die Damen-WCs unterscheiden sich räumlich nicht von anderen WC-Räumen, der Fußboden weist vermutlich das gleiche schwarzweiße Mosaik auf, und trotzdem verweigert dir dein Verstand die Erlaubnis, dort hineinzugehen, als gäbe es dort die Ausfaltung eines anderen Universums. Ebenso ist der Gegenstand, der mich inspiriert und ohne dessen Anblick ich nie eine einzige Zeile geschrieben habe, schlicht und einfach nicht dazu gemacht, fremden Blicken ausgesetzt zu werden. Ich habe noch nie etwas von ihm erzählt, obwohl jemand, der mir sehr nahesteht, in einem bestimmten Moment etwas vermutete. Wie die Geschichte des Fötus im Einmachglas ist auch die Geschichte meines Gegenstandes etwas komplizierter. Der verblüffendste Frühlingstag, an den ich mich erinnern kann, war jener 6. April 1973, auf den sich auch mein Gedicht »Der Fall« bezieht, das ich drei Jahre danach geschrieben habe: »Sechster April und keinen Boden unter den Füßen / Scheiben nur von Azur, Blättchen Azurs, die tönend zerfließen«. Den ganzen Tag war ich auf der Suche nach grünen Pferden an den Wänden (ich suchte die Adresse einer Kollegin, die in Wirklichkeit im Colentina-Viertel wohnte, wie ich später erfahren sollte), nun aber streifte ich zwischen der alten Calea Moşilor und der Lizeanu durch eine enge und verstaubte Gasse mit sehr seltsamen gelben Häusern, die bunte Markisen über den Fenstern hatten. Unter einem phantastischen azurblauen und purpurroten Himmel war der Abend herabgesunken. Wind wirbelte den Staub auf, blies ihn mir in die Augen und ins Haar, er hatte seltsamerweise seinen Anteil an meiner Verrücktheit und Exaltation: es war der erste Frühling meiner Jugend. Gerne hätte auch ich mich in den Staubwirbeln aufgelöst, mich von den spitzen Oleanderblättern in den schmalen Innenhöfen aus der Luft filtern lassen. Ich war verliebt, ohne zu wissen, in wen, den ganzen Tag war ich benommen herumgelaufen, hatte die alten Fassaden und Pfützen betrachtet, in denen sich der Himmel spiegelte. Die Häuser waren alt und wirkten verlassen, hatten vergilbte Zeitungen anstelle der Fensterscheiben. Plötzlich merkte ich, daß ich ganz nahe an das herangekommen war, was ich suchte: Aus der Tiefe eines Hofes, den Wäscheleinen mit trocknender Wäsche überspannten, kam ein etwa neunjähriges, schäbig gekleidetes Mädchen auf mich zu, das einen Kinderwagen vor sich herschob, er war aus weißem, schlampig überstrichenen Kunstleder, das wie zersprungenes Porzellan aussah, und hatte keine Reifen an den schiefen Rädern. Im Kinderwagen lag eine Puppe mit einem Kopf aus gepreßtem, mit Kunststoff überzogenem Karton. Das Mädchen kam entschlossen auf mich zu (ich trug meine Schuluniform, die aus einem unsäglich schlechten Material, mit ausgebeulten Knien und Ellbogen, gefertigt war) und sagte von der anderen Seite des schmiedeeisernen Zaunes: »Schließ deine Augen, und strecke mir deine Hand herein!« Zutiefst beglückt schloß ich die Augen, als hätte ich diese Begegnung vorhergesehen, und nach einer kurzen Weile spürte ich in meiner Hand das Gewicht und die Kühle eines Gegenstandes – jenes Gegenstandes, den ich auch jetzt betrachte, da ich auf dem Computer diese Sätze schreibe –, um den sich meine Finger schlossen. »Glückspilz!« sagte das Mädchen noch zu mir und raste mit seinem Kinderwagen zurück in die Tiefe des Innenhofes, wo sie in wer weiß welchen Stuben verschwand. Ich öffnete die Faust. Der Gegenstand in meiner Hand reflektierte im Halbschatten den zunehmend rosigen und parfümierten Abendhimmel. Ich trug ihn nach Hause, und damals hat alles begonnen. Im Herbst jenes Jahres fing ich mit dem Tagebuchschreiben an, mit dem ich mich auch heute noch, nach mehr als dreißig Jahren, abmühe. Dann kamen eines nach dem anderen die Gedichte und Geschichten, Romane und Liebesbriefe, die alle eingewoben sind in die paradoxe Spitzenklöppelei meines Tagebuchs. In all der Zeit lag mein Gegenstand reglos vor mir und hat auf vielen Wachstuchtischtüchern und auf dem Lack ebenso vieler Büroschreibtische seine Spur hinterlassen. Ich nahm ihn mit auf alle meine Reisen, legte ihn im Crown Plaza Hotel in Washington vor meine Schreibmaschine und in Bellagio vor meinen Computer. Immer habe ich allein in meinem Zimmer geschrieben, bei geschlossenen Türen, nicht aufgrund eines pathologischen Bedürfnisses nach Einsamkeit und Abgeschiedenheit, wie ich stets vorgab, sondern damit das kleine, jedoch essentielle Geheimnis meiner Inspiration nicht enthüllt werde.

Heute, da ich meine, genug geschrieben zu haben, daß es für mich beinahe nicht mehr darauf ankommt, ob ich den schon veröffentlichten Büchern noch weitere hinzufüge, habe ich mir gedacht, es sei möglicherweise an der Zeit, freiwillig zu enthüllen, *was eigentlich* mein Schutzengelobjekt ist, falls dies irgendeinen Leser interessiert. Ich will die Dinge beim Namen nennen, so schwer es mir auch fallen mag (und es fällt mir schwerer als einst Raskolnikow, an einem Kreuzweg auf die Knie zu sinken und in Agonie auszurufen: »Gute Leute, ich habe gemordet!«). Lieber Leser, aus allem, was ich bisher gesagt habe, hast du dir vermutlich schon eine gewisse Vermutung gebildet. Ich werde mich beeilen, sie dir zu bestätigen oder sie zugunsten einer noch düstereren Wahrheit zu verneinen. Tatsächlich, so unwahrscheinlich und so irreal es auch scheinen mag, vielleicht auch pervers (im Sinne einer höheren Perversion), der Gegenstand, der mich immer inspiriert hat, ohne den ich niemals etwas geschrieben hätte (als hätte nicht ich, sondern er das nicht zu unterdrückende Bedürfnis gehabt, sich durch mein Schreiben auszudrücken) und dem ich tatsächlich alles verdanke, was ich bin, ist ein (Fortsetzung auf Seite 177)

Zweierlei Glück

Das, was dem physischen Leib der Orgasmus ist, ist das Glück unserem geistigen Leib. Es ist ein kurzes und überwältigendes Gefühl, jene Erleuchtung, welche die Mystiker und die Dichter suchen. Man kann nicht jahrelang oder auch nur tagelang glücklich sein. Nicht einmal mehrere Stunden in Folge. Dostojewski beschreibt es wie das Präludium zur Epilepsie. Rilke spricht von seiner »Grausamkeit«: Es ist die Schönheit an der Grenze ihrer Erträglichkeit, jenseits davon beginnt der Schmerz. Goethe hat wahrscheinlich das Kriterium für Glück am treffendsten erahnt: Wirklich glücklich ist man dann, wenn man die Zeit anhalten will, den Augenblick verweilen und zur Ewigkeit werden lassen möchte. In gewisser Weise hatte dein Leben einen Sinn, wenn in der endlosen Folge banaler, grauer, trauriger, beschämender, gemeiner, elender und langweiliger Augenblicke, aus denen sich jedes Leben zusammensetzt, trotzdem das eine oder andere Mal, und sei es auch bloß ein einziges Mal, sich der alles erschütternde Funke des Glücks entzündet hat. »Einmal / Lebt ich, wie Götter, und mehr bedarf's nicht«, schrieb Hölderlin darüber. Dies ist das wahre Glück, das die meisten Menschen nicht suchen und nicht erstreben, denn es kann sie zerschmettern. Wie die Götter zu leben, und sei es auch nur für einen Augenblick, ist eine *Hybris*, für die man zu bezahlen hat.

Gewiß, dies ist nicht das Glück aus der »Erklärung der Menschenrechte«. Wenn es hier heißt, daß die Menschen nach Glück streben als höchstem Lebensgut, so ist ein ganz anderer Wortsinn gemeint, ein viel »sozialerer« als der mystische, ästhetische und religiöse der ersten Annahme. Das Glück, das die Menschen gemeinhin suchen, hat nichts mit ekstatischen Erfahrungen zu tun. Im Gegenteil, hier handelt es sich um die berühmte *aurea mediocritas* der Antike, um das Bestellen des eigenen Gartens, um die Muße und den Frieden eines weisen Lebens, das dem Menschen gemäß sei, frei von Erschütterungen und Exzessen. In diesem Sinne beneideten die Philosophen die Hirten um das einfache und genügsame Leben, um die Erfüllung jener, die keine allzu großen Ansprüche stellten und sich mit dem begnügten, was ihnen der Augenblick brachte. Wenn man das orgiastische Glück, von dem ich zu Beginn gesprochen habe, als transzendent bezeichnen könnte, so hätten wir es hier mit einem irdischen, einem immanenten Glück zu tun. In der konsumbesessenen und globalisierten Welt von heute scheinen wir keinen anderen Sinn für das Glück mehr zu kennen als letzteren: mittelmäßig, zweckgerichtet, frei von allem Streben, das hinausreicht über die materialistischen Standards – ein komfortables Haus, einen einträglichen Arbeitsplatz, Ferien in der Karibik (oder zumindest in Sinaia …), eine finanziell abgesicherte Familie. Eine lauwarme Liebe (du gibst dir keine Mühe mehr, herauszufinden, ob du deinen Partner tatsächlich liebst oder nicht), eine nicht zu kreative Arbeit, Dinge und Gegenstände (im Fernsehen empfohlen), mit denen du dir jeden freien Raum anfüllst … Die Menschen haben völlig vergessen, daß ihnen ein überwältigendes Geschenk gemacht wurde: im Wunder der Welt zu sein, zu leben und ein Bewußtsein zu haben von sich selbst. Niemals mehr fragen sie sich: Wer bin ich wirklich? Was habe ich für einen Sinn auf der Welt? Wurde mir etwa das Wunder, sehen und hören zu können, nur deshalb zuteil, um Busfahrer sein oder Werbung machen zu können? Werde ich etwa sterben, ohne auf dieser Welt wirklich etwas getan zu haben?

Die Verurteilung dieser Art Glück ist trotzdem zu großen Teilen ungerecht, wie ich meine, ebenso wie die totale Verdammung der westlichen Lebensweise, denn dabei handelt es sich eigentlich um eine »elitistische« Reaktion angesichts eines »populären« Glücks. Ich glaube, wir benötigen beide Arten von Glück, denn jedes ist allein für sich genommen und ohne das andere arm und extrem. Außerdem glaube ich, daß die reinen und ekstatischen Dichter sehr selten sind – ebenso wie die von Bier und Fernsehen total verblödeten Konsumtrottel. Wir sind doch alle eine Mischung dieser beiden Fälle, und als menschliches Ideal könnte folgerichtig ein erfülltes und bescheidenes materielles Leben gelten, das hin und wieder von den verrückten Blitzen des großen und wahren Glücks durchzuckt würde.

Zaraza

Im Jahre 1944, unter den heftigsten amerikanischen Bombardements, feierte man in Bukarest ebenso ausgiebig wie in den verrückten Jahren, die nunmehr gut zwei Jahrzehnte zurücklagen. Das Essen war billig, die Hotels gastfreundlich, und die Sommergärten Raşca, Oteleşanu und Cărăbuş, aber auch das damals schon am Rande des Herăstrău-Parks gelegene Bordeiul, verströmten den Duft von gegrillten Patrizierwürstchen und den Klang der Jazz-Bands sowie der einheimischen Kapellen bis hinaus in die entlegensten Vorstädte. Auf der Calea Victoriei und durch den gewaltigen Schlagschatten des Telephon-Palasts glitten die schwarzen Automobile mit Kristallfenstern wie zur Zeit der Prohibition und von Eliot Ness, aber auch die Kaleschen, sogenannte Hereasca-Coupés, die all die reichen Stadtmenschen, die hinaus zur Chaussee strebten, kaum bewältigen konnten. Allenthalben war man mit Unterhaltungsangeboten schnell zur Hand. Leonard sang noch in der Operette, der Zirkus Sidoli (ohne den alten Sidoli, der schon ein Jahrzehnt zuvor gestorben war, doch mit seinen beiden Töchtern, die hier ansässig geworden und mit jüdischen Financiers verheiratet waren) rühmte sich, nachdem er schon viermal abgebrannt war, im Besitz eines neuen, azurblauen Zeltes mit weißen Streifen zu sein, ebenso seiner vierundzwanzig auf bislang noch von niemandem je gesehene Weise geschmückten Pferde, während die Tingeltangel eine heitere und vergnügungssüchtige Klientel anzogen, worunter man häufig auch deutsche Offiziere in Begleitung von Luxusdamen ausmachen konnte, Frauen ohne Knochen im Leib, wie man sie genannt hatte; die meisten von ihnen ließen sich von dem einen oder anderen Herrn aushalten, doch gab es darunter auch viele, die sich nicht genierten, ihren Tarif an der Hoteltür, hinter der sie ihre Kundschaft empfingen, anzuschlagen. Zaraza war eine von der Sorte. Ihre Geschichte hat mich immer schon bewegt, und zwar nicht aufgrund ihrer Eigenart, sondern weil sie wahr ist. Zaraza, genauer Zarada, ist ein traditioneller Zigeunername. Er bedeutet »die Wunderbare«. Die sehr junge Frau, die an jenem fatalen Abend, als alles begann, ihren Auftritt im Lokal »Roter Fuchs« auf der Şelari am Arm irgendeines Mannes in einer ausgelassen heiteren Gruppe von Leuten hatte, war tatsächlich eine Zigeunerin. Sie hatte ein rauhes Gesicht, die Lippen eines sinnlichen Mannes und dermaßen schwarzes glänzendes Haar, daß offensichtlich händeweise Nußöl mit im Spiel gewesen sein mußte. Sie trug ein lauchgrünes Kleid, barocke Straßohrgehänge und Schuhe, die an den Schnallen ebenfalls mit glitzerndem Straß besetzt waren.

Die Gruppe stürzte an einen reservierten Tisch, man bestellte Champagner, man machte Witze, man lachte ungebührlich laut. Auf der kleinen Kabarettbühne tanzte eine dicke Frau mit einer lethargischen Schlange. Dann folgte eine Nummer mit dressierten Tauben. Schließlich trat, durch die Schwaden aromatischen Havanna-Rauches kaum zu sehen, Cristian Vasile auf. Tosender Applaus begleitete ihn.

Wahrscheinlich bedeutet dieser Name, seinerzeit einer der berühmtesten, heutzutage nicht mehr viel. Der eine oder andere erinnert sich noch an seine Lieder, doch wahrscheinlich eher, um über die nasalisierende Stimme zu lachen, die den Grammophonen entströmte. Früher mußten die Sänger, wollten sie ein Lied aufnehmen, ihren Kopf in eine Art Messingtrichter stecken, der ihre Stimme vollkommen veränderte. Die Platten ihrerseits, die »Pathés« und selbst die qualitätvolleren, die unter dem Label von »His Master's Voice« aufgenommen worden waren, bestanden aus Ebonit und leierten mit der Zeit aus, sie alterten, und die grobe Stahlnadel zerkratzte sie unwiederbringlich. Trotzdem sind Cristian Vasiles Tangos derart ungewöhnlich, haben eine dermaßen originelle und anrührende Klangfarbe, dazu Texte von einer solch betörenden Kitschigkeit, daß ich sie jedenfalls schon beim ersten Hören geliebt habe. Heute wissen nur noch wenige, daß der Autor von *Zaraza*, von *Ramona* und des unvergeßlichen *Zünde eine Zigarette an* unser Gardel war, und zwar durch seine Musik ebenso wie durch sein romanhaftes Leben.

In den »Roten Fuchs« kamen alle nur wegen Cristian Vasile, während Zavaidoc, eine weitere Augenblicksberühmtheit, das »Engelchen« prosperieren ließ, das berühmte Lokal von Viorica Athanasiu. Die beiden Größen liebten sich nicht. Zavaidoc gehörte zur Bande aus Bariera Vergului, die damals von Borilă angeführt wurde. Er zahlte denen Schutzgeld. Cristian Vasile entrichtete seinen Obolus an die aus der Maica-Domnului-Straße im Tei-Viertel, die Brüder Grigore. Die singenden Conférenciers waren sich mehrfach begegnet, hatten stets ihre Schläger dabei, die ganz schnell mit dem Messer zur Hand waren. Meine Geschichte aber beginnt während eines kurzen Waffenstillstands. An jenem Abend stimmte der Mann im weißen, für seine Hafenarbeiterfigur viel zu schicken Smoking und mit Brillantine im Haar ein Lied an, das er eben erst komponiert hatte. Das Publikum kannte es noch nicht, sog also seine Wörter schweigend auf. Nein, seine Stimme klang nicht metallisch. Es war die Stimme eines ganzen Mannes, man hätte sich Humphrey Bogart als Sänger vorstellen können. Bloß der Text war etwas sirupartig, aber dadurch kontrastierte er in bezaubernder Weise mit der zu rauhen, gravitätischen und verhaltenen Stimme:

Du erinnerst dich, wie ich hoffe
Der vielen süßen Worte
Die wir uns damals geschrieben
Auswendig konnten wir sie beide zuweilen.
Mit tränenden Augen
Haben wir sie begrüßt
Den Umschlag geküßt
Doch der Traum ist verflogen
Die Worte sind verbogen
Was könnte ich heut dir noch schreiben …

Als Mutter mich in der Kindheit liebkoste, beeindruckte mich ihr Geschnäbel überhaupt nicht, ich hielt es für normal und angebracht. Aber ich werde nie vergessen, wie mein Vater zwei- oder dreimal »Püppchen« zu mir sagte, denn Vater verhielt sich immer recht ruppig zu mir und war manchmal richtig böse. Ebenso verhielt es sich mit

Cristian Vasile. Es grenzte an ein Wunder, daß der Dickbauch im Smoking soviel männliches Zartgefühl in den Refrain legen konnte.

Was soll ich dir schreiben
Da wir nicht beieinander bleiben?
Nun ist es zu spät.
Die Liebe vergeht.
Die zarten Worte sind verflogen
Wir haben beide uns betrogen …

Selbst die im Publikum, die Neureichen und Kollaborateure der Stadt, stinkend vor Korruption, schienen ihrerseits das niederträchtige und monotone Sodom ihres alltäglichen Lebens vergessen zu haben. Die einen schwiegen und stierten vor sich hin, die anderen führten das langstielige Champagnerglas zum Mund und tranken sehr viel mehr als gewöhnlich. Die Frauen, viele von ihnen Nutten, die durch Dreck und Erniedrigung gegangen waren, heulten wie die Schulmädchen. Selbst Zaraza ertappte sich mit tränenden Augen und konnte sich nicht erinnern, so etwas je erlebt zu haben. Der Sänger trug noch zwei ältere Lieder vor und zog sich zurück. Die Zigeunerin blieb noch eine halbe Stunde wie auf Nadeln sitzen und folgte ihm dann rasch nach. Sie betrat eine improvisierte Künstlergarderobe, wo sie die halb entkleidete Schlangenbändigerin vorfand, die sich unter vulgärem Gelächter von dem Mann mit der Taubennummer befingern ließ. Cristian Vasile war in einer Kneipe in der Nachbarschaft. Er aß niemals in dem Lokal, in dem er sang. Sie fand ihn alleine am Tisch vor einem

Glas Absinth. Also setzte sie sich zu ihm. Nun tranken sie zusammen und redeten stundenlang miteinander (was sie sich sagten, werden wir niemals erfahren), sie faßten sich an den Händen, lauschten gebannt dem glühenden Geigenspiel eines alten Zigeuners und gingen spät in der Nacht zusammen weg. In jener Nacht wurde Zaraza seine Frau, was sie zwei Jahre lang ohne einen Verrat, ja ohne auch nur an einen anderen zu denken, blieb. Der Sänger seinerseits ging ohne seine »angebetete Irre«, wie er sie stets nannte, nirgends mehr hin. Das berühmte Lied, das sie unsterblich machte, entstand nach etwa einem halben Jahr, das sie Tag und Nacht zusammen verbracht hatten, und es hat einen Text, wie es ihn am Ufer der Dîmbovița noch nie gegeben hatte:

Wenn du, Señorita, abends im Park erscheinst
Lilienblätter um dich schweben
Süße Leidenschaften in den Augen
Glanz der Sünde
Und dein Leib wie Schlangenhaut so eben.
Dein Mund ein Gedicht voll Verlangen
Deine Brüste ein erhabener Schatz.
Bist ein Dämon des Traums
Und vernebelst mein Hirn
Doch du lächelst wie ein Cherubim.

Es wurde zum größten Erfolg von Cristian Vasile, der Zavaidoc damit weit übertraf. *Zaraza* war auf allen Lippen, es war das *Lili Marleen* von Bukarest. Man sang es in den Bierkneipen und in den Luftschutzkellern, und die Soldaten in den Unterständen sangen es auch. Und die bezaubernde Zigeunerin wurde ebenso bekannt wie ihr berühmter Liebhaber. Gewiß, ihre Stimme ließ ein bißchen zu wünschen übrig, wenn sie im »Grandiflora« sang (denn auch sie hatte nun diesen lukrativen Beruf ergriffen):

– Ach, Frau Wirtin Lelitza
Haben's denn hier kein schöneres Weib
Das mir bei Ihnen den Tisch bereit?
– Ach, ich sorg' schon für Euer Wohl
Wart Ihr mir doch ein teurer Buhl.

Zwei Traumjahre verflogen wie nicht da, und hier nun beginnt die düstere, die schier unglaubliche und trotzdem buchstäblich wahre Zeit meiner Geschichte. Wie man wohl weiß, sahen sich die berühmten Künstler damals gezwungen, mit den Ganoven der Stadt zusammenzuarbeiten – wenn nicht auch die von heute; und wir dürften dies kaum bezweifeln, denken wir bloß mal an die Rapper und an Pavarotti –; das Monopol über die Kabaretts, die Kasinos und Bordelle der Stadt lag in den Händen der Halbwelt. Denen bedeutete ein berühmter Sänger nicht mehr als eine Prostituierte, der sie einen guten Teil ihrer Erträge abnahmen. Zavaidoc raufte sich die Haare vor Verzweiflung über den strahlenden Erfolg seines Rivalen und versuchte vorerst, diesen auf anständige Weise zu übertreffen. Nächtelang saß er an dem klapprigen Klavier in seiner Wohnstube bei Gavrilescu und bemühte sich, ein noch erfolgreicheres Lied zustande zu bringen. Opfer eines verzweifelten Mangels an Inspiration geworden, klaute er ein Lied von Sinatra und wurde erwischt. Betrat er nun die Bühne, so erntete er eher Gegacker und Pfiffe.

Dann wandte er sich an Borilă aus der Vorstadt Bariera Vergului. Der Ganove, er hatte einen Goldzahn und trug stets eine karierte Weste, was er niemandem sonst gestattete, hörte ihn an und erklärte ihm im Ton eines Beraters, daß er Cristian Vasile nicht umbringen könne. »Nicht, weil ich es nicht könnte, aber auch mir gefällt, wie er singt, und es wäre eine Sünde vor Gott.« Und der Bandit zwinkerte Zavaidoc zu, der vor Neid schwarz zu werden drohte, und begann nun selber, *Zaraza* zu trällern. Noch während er mit vor Vergnügen zusammengekniffenen Augen das fatale Lied vor sich hin summte, kam ihm die Idee.

Am Tag nach St. Dumitru ging Zaraza wie gewöhnlich gegen Abend zum Kiosk an der Ecke für ihren Liebsten Tabak kaufen. In Höhe des Sparkassengebäudes auf der Calea Victoriei hatte sich schon eine dichte und klebrige Abenddämmerung herabgesenkt, durch deren stumpfes Gold die Frau nicht erkennen konnte, daß von dem Invaliden, der dort als Verkäufer tätig war, nur noch die Krücke übriggeblieben war, die sich nun ein verkleideter Mann aus Borilăs Truppe unter den Arm geklemmt hatte. Als Zaraza, einen indischen Schal um den Hals, dort aufkreuzte, ließ der Vierschrot die Krücke fallen und packte die Frau unter einem Himmel wie aus entflammtem Pechruß an den Haaren. Grinsend drehte er ihr Gesicht zu sich hin und schaute sie an, dann biß er ihr wild in die blau angelaufenen Lippen und schnitt ihr, als wäre es ein und dieselbe Bewegung, mit dem Dolch den Hals auf von einem Ohr bis zum anderen. Dann rannte er auf den Dîmbovița-Kai, wo sich seine Spur verlor.

Man fand sie im Morgengrauen, ihr Kleid war blutgetränkt, und der Sänger, der schon in der Nacht die ganze Stadt nach ihr abgesucht hatte, wurde verständigt. Im Kommissariat, so erzählte der wachhabende Polizist, habe Cristian Vasile, den man als Verdächtigen verhörte, das Leuchten eines Wahnsinnigen in den Augen gehabt. Als man ihn gehen ließ, ging er in die erstbeste Kneipe und trank, bis er nichts mehr von sich wußte. Auch ein paar Jahre danach zeigte man den Schlägern noch die Stelle in der Kneipe, wo der Sänger ein Stück aus dem Tisch herausgebissen hatte.

Zaraza wurde im Krematorium »Zur Auferstehung« verbrannt, das sich damals irgendwo in der Nähe des Tonola-Friedhofs befand. Ein ganzes Meer weinender Menschen hatte daran teilgenommen, nicht aber Cristian Vasile. Auf dem Weg zum Krematorium konnte man durch die Kristallglasfenster des prächtigen Leichenwagens aus gedrechseltem Ebenholz, der von betreßten Pferden gezogen wurde, eine wahre Schönheit von Frau mit offenen Augen liegen sehen, denn ihre Lider mit den langen Wimpern hatten sich beharrlich geweigert, sich über den pechschwarzen Augen schließen zu lassen. Die Asche der Frau füllte eine Urne, die von zwei schmiedeeisernen Engeln als Griffen verziert wurde.

Doch es waren kaum zwei Tage vergangen, und die Urne war aus ihrer Nische im Krematorium gestohlen worden. Um den Wahrheitsgehalt dieser Geschichte zu überprüfen, habe ich die Zeitungssammlung aus jener Zeit durchforscht. Ich fand balkengroße Überschriften in den Zeitungen, die den Diebstahl der Urne meldeten. Was man jedoch niemals herausgefunden hat, was bloß ich alleine durch einen Zufall erfahren habe, ist, wer derjenige war, der dieses Sakrileg begangen hat. Doch daraus will ich kein großes Geheimnis machen. Selbstverständlich war der Dieb, wie Sie schon vermutet haben, kein anderer als Cristian Vasile, der Sänger, der in Liebeswahn und Verzweiflung seine alte Angst vor Gespenstern überwunden hatte. Mitten in der Nacht war er durch ein Fenster ins Krematorium eingestiegen, war über die feuchten Bodenplatten gegangen, über den Wagen gestolpert, mit dem man die Leichen in den Verbrennungsofen schob, und hatte unter der düsteren Kuppel aus behauenem Malachit zig säuberlich aufgereihte Urnen betastet, um die seiner Liebsten, der unvergeßlichen Zaraza, ausfindig zu machen. Er drückte sie an die Brust und preßte seine Lippen an das kalte Steingut. Zu Hause angekommen, stellte der Sänger die Urne auf ein rundes Teetischchen in der einen Zimmerecke und begann gleich am nächsten Morgen sein finsteres Ritual, zu dem ihn zweifellos nur seine Geistesverwirrung hatte inspirieren können. Selbst mir fällt es schwer, die Worte aufs Papier zu bringen, die das Unbeschreibliche darstellen sollen, aber ich werde es trotzdem und zwar so einfach wie möglich tun: Vier Monate lang hat Cristian Vasile Abend für Abend je einen Teelöffel von Zarazas Asche gegessen. Als die letzten Aschespuren von der Urnenwand verschlungen waren, goß sich der Sänger Terpentin in den Rachen, aber es gelang ihm nicht, sich umzubringen. Es führte bloß dazu, daß seine Stimmbänder verätzt wurden und es mit dem Singen endgültig vorbei war. Er verschwand völlig – sowohl aus dem realen Bukarest als auch aus dem anderen, dem phantasmatischen und nebelhaften, und auch aus dem Gedächtnis der Menschen.

Mein Onkel mütterlicherseits, er ist Schauspieler, war auf einer Tournee mit seinem Ensemble, als er ihm 1959 in Piatra-Neamț begegnete. Dort traf er einen Bühnenarbeiter (er betätigte jeden Abend den Vorhang), einen alten Mann, der wie ein Stadtstreicher aussah und dem das Theater aus Mitleid ein Gnadenbrot gewährte. Jemand sagte ihm, es sei Cristian Vasile, der einmal eine Berühmtheit gewesen ist. Man summte ihm auch den Refrain von *Zaraza* vor. Mein Onkel gab dem Alten einen Fünfziger, und dieser erzählte ihm krächzend das Obige. Er teilte es jedem mit, doch bis heute hat es noch niemand zu Papier gebracht. Nun mache ich es schließlich, dabei bin ich mir sehr wohl bewußt, daß nicht die von mir beschriebenen Seiten die Erinnerung an Cristian Vasile weitertragen werden, sondern der ewige Refrain von *Zaraza*:

Sag' mir, schöne Zaraza
Wer hat dich geliebt
Wie viele haben deinetwegen geweint
Wie viele sich umgebracht.
Gib mir deinen Honigmund, Zaraza
Mach mich besoffen Tag für Tag
An deinen Küssen, liebste Zaraza
Will auch ich zugrunde gehn …

Das magische Buch meiner Jugend

Der schamlose Tod von Dagmar Rotluft war zweifellos das Buch meiner Jugend, aber bedauerlicherweise (für den, der ich heute bin, der damit die Chance verliert, originell zu sein) war es auch das Lieblingsbuch beinahe aller Jugendlichen meiner Generation. So daß ich nicht weiß, was ich schreiben könnte, damit diese Seiten es verdienen, gelesen zu werden. Der Name Rotluft sagte mir nichts zu jener Zeit, als ich die Bücher nicht wegen der Berühmtheit ihres Autors oder ihres besonders schönen Stils las – Beschreibungen übersprang ich mit der Unbekümmertheit, mit der die Augen der Katze unbewegte Gegenstände ignorieren –, sondern wegen des reinen Abenteuers, wie man *reines Heroin* sagt. Tatsächlich, dieses Buch habe ich nicht gelesen, auch »verschlungen«, wie man so sagt, habe ich es nicht, ich habe es mir beinahe in die Venen gespritzt, direkt in den Blutkreislauf, der seine Korolla in mein Hirn jagte. Statt nun die vom Kino bereits mißbrauchten und banalisierten Einzelheiten zu erzählen, das Leben und die Transfiguration der Cydonia, ihren länglich verjüngten Schädel und ihr Kollier aus Menschenzähnen, die List des Vordenbliss, »der Kanäle durch den Hypothalamus grub«, oder die Suche nach dem Taschenmesser mit den sieben goldenen Klingen, mit dem Orolio die Namen von sieben Reptilien auf sieben Jungfrauenrücken schreibt, Tausende und Abertausende Einzelheiten, die aus diesem endlosen Buch – 1140 Seiten in meiner alten, mittlerweile verlorenen Ausgabe – »das Triptychon von Genf« der Gattung *Fantasy* machen, denke ich, es könnte interessanter sein, kurz zu erzählen, wie ich zu diesem Buch kam.

Ich war siebzehn Jahre alt und hatte keinen einzigen Freund. Es war Sommer; gegen neun Uhr abends kam ich vom gewohnten Herumstromern durch unbekannte Straßen nach Hause. Die Sonne warf ein schräges Licht über das mit Wohnblocks bebaute Stadtviertel, ein kräftiges orangerotes Licht, das von Minute zu Minute mehr ins Bernsteinfarbene hinüberglitt. Stille und Einsamkeit waren total, endlos ergossen sich die Schatten aus allen Gegenständen. Einem aufgegebenen und in den Asphalt eingesunkenen Pobeda entstieg ein Vagabund und ließ die verrostete Autotür hinter sich schief in den Angeln hängen. Als er näher kam, erkannte ich in ihm Jean wieder, den Freund meiner Kindheit, der die besten schweinischen Witze erzählen konnte, den armen Jungen eines Zirkusarbeiters. »Komm, ich zeige dir etwas«, sagte er, und statt den Aufgang E zu nehmen und in den fünften Stock hinaufzufahren, ging ich mit ihm zum Nachbarblock, einem alten vergilbten Block, der übersät war mit Wasserflecken. Auf einer vom Rost beinahe vollständig zerfressenen Feuertreppe stiegen wir in den dritten Stock. »Hier ist es«, sagte Jean, und wir setzten uns beide, die Beine nach außen, auf das verfaulte und vom Schwamm zersetzte hölzerne Fensterbrett. Ein Fensterflügel ließ sich öffnen, um ins Innere zu gelangen. Jean blieb auf dem Fensterbrett sitzen; jeder Windstoß hätte ihn hinabstürzen können. Ich aber sprang durch den Fensterrahmen, in dem noch spitze Glasscherben steckten, in das in Halbdunkel getauchte Zimmer.

Es war ein Schlafzimmer mit alten Möbeln: ein breites Bett, ein Spiegel, ein Stuhl, ein Tisch mit einem Mittelfuß. Über dem Bett war ein Regal mit dicken zerlesenen Büchern. Die einzige Tür in der dem Fenster gegenüberliegenden Wand war zugenagelt. Die letzten Sonnenstrahlen, feuerrot, warfen ein paar Lichtstreifen durch den Raum. »Nur ich allein weiß von diesem Zimmer«, sagte Jean. »Von nun an weißt auch du davon, aber du wirst es niemandem sagen …« Ich blieb mindestens eine halbe Stunde in jenem Zimmer, in dem es undeutlich nach frischem Holz roch. Ich kauerte mich auf das Bett, dessen Bezüge vom Alter zerschlissen waren. Hier wollte ich immer schon mal hinkommen. Als ich hinunterstieg, war es Nacht geworden, und Jean war gegangen. Ich habe ihn niemals mehr wiedergesehen.

Ein paar Jahre lang bin ich danach beinahe jeden Abend durch die Ringe an der Feuerleiter zu jenem verschwiegenen Zimmer hinaufgeklettert, wo ich, auf dem Bett liegend und von Einsamkeit betört, alle Bücher aus dem Regal, deren seltsame Titel mir auch heute noch in den Ohren klingen, gelesen habe: *Der Graf von Monte Christo*, *Alle Segel gebläht!*, *Die Kartause von Parma*, *Der Lachende Mann* (Bücher, von denen ich danach niemals mehr etwas gehört habe: die Bibliothekare, die ich danach fragte, sagten mir, ich träumte), auch andere, die ich mittlerweile vergessen habe, und schließlich *Der schamlose Tod*.

Ein paar Jahre lang las ich *Der schamlose Tod* immer wieder und brach jedesmal in Tränen aus bei der großen Szene, da die Augenlider abgerissen werden, und wand mich erregt zur Geschichte der kleinen Nonne aus dem Orden der Podicanten. Fasziniert folgte ich dem Gang durch den Hypothalamus des Erzählers, den Vordenbliss gegraben hatte, um zur ersehnten, unzugänglichen Cydonia zu gelangen, die im glazialen Ammonshorn gefangen war … Und auf der letzten Seite, wenn Cydonia ihrem Vater die frische, blutende eigene Gesichtshaut vor die Füße wirft und ausruft »Erkenne mich!«, spürte ich ein heftiges, unwiderstehliches Zittern, hatte ich das Gefühl, nun sogleich den Verstand zu verlieren, das, wie ich glaube, alle Leser des Buches nur zu gut kennen.

Ich war wohl bei der fünfzehnten Lektüre, als ich meine Originalausgabe verlor, sie landete unter dem Schutthaufen des abgerissenen Wohnblocks. An jenem Abend, es war schon spät, die Bulldozer hatten ihre Sache vollendet, stieg ich auf den Haufen zerbogener Eisenteile, Beton und Dielenbretter, die pathetisch gegen den gelben Himmel ragten, und wühlte im Schutt, bis meine Finger bluteten. Ich fand nur noch ein zerknittertes Faszikel, 34 Seiten aus *Die Kartause von Parma* (eine Stadt, die es auf der Karte übrigens nicht gibt: ich habe dies im ausführlichsten Atlas überprüft, den ich finden konnte) von einem gewissen Stendhal, einem unbekannten Schriftsteller. Dann vergingen die Jahre, und an jenes geheime Zimmer, in dem ich in meiner Jugend Tausende von Stunden glücklich beim Lesen zugebracht habe, erinnere ich mich nur noch wie im Traum.

Oft schon habe ich versucht, die Zeiten von damals dadurch wiederzubeleben, daß ich Cydonias Epopöe als Madeleine einsetzte, aber ich habe lediglich erfahren, daß es unmöglich ist, die Vergangenheit zu wiederholen.

Beim Wiederlesen konnte ich Vordenbliss nur noch in der nach einem sanften Mafiatypen aussehenden Gestalt von Ruud Vicqu sehen, die Erzherzogin der Maden mit dem Gesicht der Irma de Lindo, alle und jeden für sich wie ihr filmisches Pendant auf den Plakaten in den Metrostationen. Ein weiteres magisches Buch, das durch die Mediatisierung, die Überfrachtung, die intentionale Verfälschung der Tatsachen und des Sinngehaltes zerstört worden war. Und die modernen Ausgaben haben auch nichts mehr von der Porösität und dem warmen Duft trockener Sägespäne der alten, so oft durchgeblätterten Buchseiten. So daß *Der schamlose Tod* in Wahrheit nur noch in uns wohnt, den Lesern aus meiner Generation, denen er irgendwann einmal die Jugendzeit entflammt, in Schmerz getaucht, exaltiert und vergiftet hat.

Der große Sincu

Gegen Ende der siebziger Jahre habe auch ich wie jeder snobistische Student mit einem übersteigerten Selbstbild mich in den Semiotik-Spezialkurs eingeschrieben, den der berühmte Alexandru Sincu abhielt. Es war das in der Philologie jener Jahre zweifellos angesagteste Seminar, wie die Postmoderne heute; der Strukturalismus war in aller Munde, wahrhaft eine Religion, mit ihrem Propheten (Ferdinand de Saussure), ihren Evangelisten (Piaget, Althusser, Lévi-Strauss und Barthes) und ihren Aposteln (den etwa zwölf – der Symmetrie wegen – Repräsentanten des französischen Nouveau Roman), selbst ein Kreuz hatten sie: die Achse syntagmatisch / paradigmatisch … Wer damals den Unterschied zwischen *signifié* und *signifiant* nicht kannte, wer die *Mathematische Poetik* oder *Das offene Kunstwerk* nicht gelesen hatte, wer nicht die vielfach verzweigten Bäumchen irgendeiner Grammatik zeichnen konnte, war verloren: Er versank in einem Ozean der Verachtung. Im Schlafe mußte man die Repräsentanten der russischen Formalistenschule beim Namen nennen können (»Šklovskij, kennen wir!« sagtest du mit gelangweilter Miene, und das reichte, um in den Club aufgenommen zu werden), und man mußte in der Lage sein, zu erklären, warum ein Buch von Barthes den rätselhaften Titel *S / Z* trägt. Die etwas minderbemittelteren Studenten unternahmen verzweifelte Anstrengungen, um zum inneren Kreis vorzudringen. Schwer nur konnte eine schöne Rothaarige verstehen, warum ein ganzer Hörsaal in schallendes Gelächter ausbrach, als sie ihr Referat mit den Worten begann: »Ich schaute gestern abend in den *Cours** von Saussure ...« Selbstverständlich gab es auch die Opponenten dieses (kleinbürgerlichen) Strukturalismus-Konzepts, vor allem auf seiten jener, welche die Geschicke der Hochschule lenkten. Der damalige Dekan beispielsweise hatte sich am Ende eines Kolloquiums erhoben und mit proletarischem Zorn mitgeteilt: »Ich habe mir einige Wortmeldungen angehört, in denen einige Kollegen die falsche Idee zu befördern versuchten, der Strukturalismus sei revolut**. In Wirklichkeit aber ist nicht der Strukturalismus, sondern der Marxismus revolut, Genossen!« Diesmal wurde nicht schallend gelacht, sondern nur noch in die Fäuste. Außerdem wurde der arme Professor, Zentralfigur einer überbordenden studentischen Folklore (er ist derjenige, der Jahr für Jahr in seiner Vorlesung den berühmten Satz von sich gab: »Bolintineanu debütierte als Schriftsteller mit einem jungen Mädchen auf dem Sterbebett.«), bald darauf von einem Poetiker aus seinem Dekanatsamt abgelöst – ein Beweis für die Allmacht der kulturellen Moden.

Okay, ein- oder zweimal pro Woche versammelten wir uns also, etwa zehn Studenten, die Crème de la Crème der Hochschule, in einem kleinen und schäbigen Raum im vierten Stock, ausgestattet mit einer Tafel, ein paar Kreidestückchen und einem nach Essig stinkenden Lappen

* Cours ist gleichlautend mit rumänisch »cur«: Arsch. (A. d.Ü.)
** Vom französischen révolu: vollendet, (Zeit) abgelaufen, verstrichen, vergangen (A. d.Ü.)

statt eines Schwamms, um den großen Sincu zu treffen. Eine außerordentliche Persönlichkeit! Ich weiß nicht, ob die Studenten, die ihn nicht mehr hatten – denn er ist bald darauf »abgehauen« in günstigere Gegenden –, hinsichtlich der Semiotik und Poetik so viel verloren haben, allerdings ist ihnen ein wirkliches Spektakel entgangen. Klein und für sein Alter unglaublich jung aussehend (alle hielten ihn anfangs für einen Studenten und machten ihn auf den Fluren an: »Komm, reich eine Zigarette rüber …«), mit gekräuseltem Haar und dem Gesicht eines Hollywood-Schauspielers für Nebenrollen, aber schönen, weiblichen Augen, war Sincu ein sokratischer Geist, ein Genie der Mündlichkeit. Er hat fast nichts geschrieben, ja ihm geschah sogar das Mißgeschick, daß einer der ganz wenigen Texte, die von ihm gedruckt wurden, unter dem Namen (»hier ein schrecklicher Druckfehler …«) Alexandru Lincu erschien … Aber seine Gegenwart wirkte hypnotisch, und seine Worte hatten die Qualität eines Orakels. Bei seiner ersten Vorlesung erzeugte er gleich zu Beginn, nachdem er, in Gedanken versunken wie ein neuer Wittgenstein, eine Viertelstunde geschwiegen hatte, bei uns einen geistigen Krampf: »Nun, sprechen wir über Kommunikation. Was bedeutet Kommunizieren? Was sagt uns der Satz: Der Alt kommuniziert mit der Donau?« Worauf er sich in ein an die Tafel gezeichnetes Schema mit zahlreichen Verzweigungen und Oppositionen vertiefte, das uns bald die Ohren glühen ließ. Die ganze Zeit über sprach er inspiriert, setzte wie ein Schauspieler Pointen und Effekte mit größter Effizienz … »Genial!« hörte ich neben mir Laurențiu flüstern, der entrückt die Zeichnung auf der Tafel betrachtete.

Rodica, Liviu, Călin und Ariadna schienen etwas zu begreifen, während wir, die wir es mehr mit der Literatur hielten, Stefan, Bogdan, Elisabeta und ich, die Offenbarung betrachteten, ohne zu grübeln. Da schon die erste Vorlesung so unzugänglich und gelehrt war, konnte für mich überhaupt kein Zweifel mehr daran bestehen, daß Eco, Barthes oder Todorov uns schon nach einem Jahr in semiotischer Hinsicht wie arme kleine Dilettanten vorkommen würden ...

Aber leider war die Vorlesung nach der ersten Initiationssitzung in jenem Kafka-Stübchen so gut wie gelaufen! Zu unserer Verwunderung haben wir danach ein ganzes Jahr lang nichts anderes getan, als jenes Anfangsschema um und um zu wenden, ab und zu wurde mal eine Verzweigung weggewischt und eine andere angefügt, aber wir kamen keinen Schritt weiter. Mit Sincu verkehrten wir kumpelhaft, wir waren die besten Freunde, palaverten Woche für Woche je zwei Stunden über Bachtin und Vinogradov, um letztlich festzustellen, daß ... Sincu eigentlich überhaupt nicht lehren konnte. Denn obwohl er über einen bestens ausgestatteten Verstand verfügte, war er die personifizierte Zerstreutheit, die Verkörperung der Unentschlossenheit, die vollendete Nachlässigkeit. Er war keine Erkenntnisquelle, sondern eine der (sublim-lächerlichen) Unterhaltung. Er war kein wirklicher Meister, aber darin, den Meister zu geben, rührte er ans Wunderbare, und zwar so, daß uns, wie Verliebte, nicht mehr kümmerte, ob wir belogen wurden, solange die Lüge so schön war.

Und mit welchem Enthusiasmus er jedesmal von neuem loslegte! Er stürzte sich in Projekte, die unterwegs stets platzten, eines phantastischer als das andere. Es lohnte sich, hier kurz – eigentlich lohnte sich hier mindestens eine long-short-story – von unserem großen semiotisch-poetisch-stilistischen, der Herrgott weiß, welcher Art noch, Abenteuer in Cozia zu erzählen. Die oben Genannten und noch ein paar mehr, von denen ich mich nur noch an Marina und Romulus erinnere, fuhren mit Sincu in meinem dritten Hochschuljahr in ein Ferienlager neben dem berühmten Kloster, um das immer noch der Schatten von Mircea dem Alten herumgeistert. Es war ein Ferienlager für Kinder zwischen sieben und vierzehn Jahren, die keine Ahnung hatten, was sie erwartete. Denn Sincu hatte es so arrangiert, daß die armen unschuldigen Kinder uns als Versuchskaninchen bei einem ausgeklügelten Experiment in angewandter Poetik dienen sollten. Alle zusammen wurden wir in einem großen Schlafraum untergebracht, und unsere Mahlzeiten nahmen wir mitten unter den Kindern und ihren Lehrern ein. In diesem Ferienlager war alles wunderbar, bis auf die Tatsache, daß unser Experiment kläglich und ohne jedes Einspruchsrecht gescheitert ist.

Unser Arbeitstag begann sehr früh am Morgen, und zwar stets mit dem Anblick von Meister Sincu, der in einem blauen Kimono mit Drachen- und Chrysanthemenmuster seine Morgengymnastik machte. Eigentlich begrüßte er die Sonne mit einem langsamen Tanz, zur Hälfte Yoga und zur Hälfte von ihm selbst erfunden. Wir starrten ihn an, als handelte es sich um ein bizarres Gespenst. Er stammte aus einem anderen Film. Trotzdem aber versuchten wir alle, ihm möglichst nahe zu sein. Er verfügte über das Talent mancher großen Damen, alle

Menschen um sich zu versammeln. Ein Lob von ihm machte uns einen ganzen Tag lang glücklich. Ein Stirnrunzeln verursachte uns quälende Gewissensbisse. Wenn ich jetzt zurückblicke, verstehe ich nicht, warum wir alle damals so sehr zu ihm hielten. Gewiß, unter uns ironisierten wir ihn, so gut es ging, doch stets mit der Nachsicht, die man den Taten eines großen Kindes angedeihen läßt. Sofort nach dem Frühstück bestellten wir die Kinder ein (holten sie weg von ihrem Alter angemessenerem Zeitvertreib: dem Auf-die-Bäume-Klettern, Fußballspielen etc.) und begannen, sie sadistisch zu quälen, indem wir haufenweise Tests mit ihnen machten, einer seltsamer als der andere. Alle hatte Sincu erfunden. Niemand wußte, wozu sie gut waren, wie sie zu interpretieren wären, was wir damit beweisen wollten. Einer bestand aus einem Gedicht von Ştefan Neniţescu, dessen Verse wie ein Puzzle zerschnitten worden waren und von den Kindern wieder zusammengefügt werden mußten. Manche Verse kamen den Kindern ziemlich verdächtig vor: »Und eines ist rosa und duftet«, lautete ein Vers, und man mußte das ganze Gedicht nachbauen, um erleichtert zu verstehen, daß er sich auf ein Blatt eines Liebesbriefs bezog … Ein anderer Vers war sofort berühmt, kein Kind konnte verstehen, warum eine Großmutter in ihrem Alter noch Milch in den Brüsten haben sollte und warum eine Katze auf diese Milch wartete. Dabei war eine groß angeschwollene Mutterbrust entzündet, und das Kätzchen, der Säugling, wartete darauf, gestillt zu werden. Ein anderer Test war eine Art Labyrinth, wo es an jeder Wegkreuzung mehrere Metaphern gab. Das Kind mußte sich für eine davon entscheiden und dann dem Weg folgen, den diese vorgab. Es wäre auch alles in Ordnung gewesen, wären die Metaphern nicht alle von der Art »Wind der Liebe«, »Herz der Frühe«, »Duft des Schnees« und »Rauhreif des Geheimnisses« etc. gewesen. Auch diese hatte Sincu sich ausgedacht. Manchmal fragten wir uns, wie relevant es war, wenn ein Kind »Wind der Liebe« statt »Herz der Frühe« wählte, doch das Prestige unseres Meisters verdunkelte letztlich unseren klaren Verstand ... Nun gut, wir verbrachten Stunden um Stunden damit, die gleichen Märtyrerkinder Gedichte lesen zu lassen, die sie eben erst zu Gesicht bekommen hatten, und dies auf Band aufzunehmen, Gedichte, die im Grunde alle von der Art waren wie jenes mit der Mutterbrust und der Katze. Wenn sie sich versprachen, mußten sie von vorne anfangen. Es gab auch noch andere Tests, die wir Stunde um Stunde geduldig mit den zunehmend gelangweilten, immer mehr sich nach anderen Spielen in der freien Natur sehnenden Kindern anstellten. Abends kam die Zeit der Auswertungen. Wir setzten uns in einem Kreis zusammen, Sincu als Oberindianer auf einen etwas höheren Stuhl, und gaben reihum die tagsüber vorbedachten Weisheiten von uns, erbettelten solcherart wenigstens eine Spur von Zustimmung vom Großen Meister. Danach gingen wir zufrieden in die nahegelegene Kneipe, aßen, versuchten bei den Kellnern die Zeche zu prellen, wurden erwischt und mußten umkehren, wurden beschimpft und begannen am nächsten Tag von vorne, unverschämt, bei den gleichen Kellnern, in der gleichen Kneipe, die übrigens die einzige war, die wir zu Fuß erreichen konnten. Sincu, imperial, übertrumpfte uns snobistisch, indem er sich ab und zu einen strahlenden Tropfen *Queen Anne* kaufte.

Nachts auf unserem Heimweg erglühten Dutzende Glühwürmchen …

Nach zwei, drei Tagen flohen die Kinder, die vorher freiwillig, von Neugierde angelockt, zu uns gekommen waren, vor uns wie vor der Pest. Wenn die Zeit der Experimente nahte, leerte sich das Ferienlager. Man konnte nur staunen, wo überall sie sich versteckten, auch rannten sie über die Felder davon … Eines Morgens riß sich ein kleiner Bengel aus der fünften Klasse, der versteckt aufgefunden und uns von seinem Erzieher am Ohr herbeigezerrt worden war, verzweifelt los und sprang, den Zettel mit dem Fragment »Und eines ist rosa und duftet« noch in der Hand (wir mußten dann ein anderes Gedicht nehmen), aus dem Fenster und war verschwunden! Es kam so weit, daß sie uns beim Essen schon mieden: kaum tauchte unsere Gruppe auf, da rief auch schon einer: »Sechste Klasse, die Studenten kommen!«, worauf fast alle ihre Teller mit Pudding nahmen und sich in ihren Schlafraum verdrückten. Auch wir hatten begonnen, sie zu hassen, als wir auf soviel Feindseligkeit stießen. Weil es uns immer schwerer fiel, ihrer habhaft zu werden, rächten wir uns ausgiebig an ihnen, indem wir allerlei Speisen erfanden, in denen unsere armen Subjekte als Hauptbestandteile vorkamen. Mit Sprüchen wie: »Was hieltet ihr davon, wenn man uns nun eine gut durchgebratene und schön mit Knoblauchsoße bestrichene Kinderroulade servierte?« verführte uns Romulus auf seine bekannte sadomasochistische Weise. »Sieh an, eine Kinderroulade!« Wir wunderten uns nicht, schließlich kannten wir Romulus. Eines Abends waren wir hinausgegangen neben das Kloster, wir saßen alle auf dem Rasen unter dem gewaltigen rosenfarbenen Himmel, lauschten dem Klopfholz und schauten den Schwalben zu, die über unseren Köpfen ihre Kreise zogen. Romulus saß etwas abseits, betrachtete den Himmel und machte einen besonders melancholischen Eindruck. »Woran denkst du?« fragte ich ihn, bezaubert von der Aura dieses Abends. »Ich frage mich, wie viele Kugeln man wohl bräuchte, um all die Schwalben abschießen zu können«, antwortete er mit dem gleichen melancholischen Gesichtsausdruck …

Bei der Rückfahrt nach Bukarest quetschten wir uns alle in ein Zugabteil, wir hatten die Tests dabei, zentnerweise Tonbänder, die wir zu Hause auswerten und interpretieren sollten. Zweifellos würden die Poetik und Semiotik infolge unserer Experimente einen großen Schritt vorankommen. Unter dem Namen »Die Gruppe von Cozia« würden wir, die Schüler des großen Sincu, in die Geschichte eingehen. Wir barsten schier vor Ungeduld auf die Musterung unseres Materials, die Verdichtung der Theorie. Aber die Wochen vergingen, das Seminar in dem eines Raskolnikow würdigen Stübchen wurde immer verworrener, wir benahmen uns den gewöhnlichen Kommilitonen gegenüber immer überheblicher, etwa so, als wären wir durch die Grotte von Eleusis gegangen und hätten eine semiotische Läuterung erfahren, während das in Cozia Erlebte in unseren hochfliegenden Gemütern zunehmend verblaßte. Wo waren die Tonbänder geblieben, das Puzzle mit der Großmutter und der entzündeten Mutterbrust, das Labyrinth mit dem »Wind der Liebe« und dem »Herz der Frühe«? Schnee von gestern, niemand mehr sollte je etwas von deren Schicksal erfahren. Fragte man einmal schüchtern nach, dann lächelte

Sincu verführerisch: »Es ist jetzt nicht der richtige Moment, wir müssen noch nachdenken, ein bißchen vertiefen …« Wir könnten ja alles einer nächsten Studentengeneration vererben, schließlich hatten wir genug getan, mögen auch andere etwas tun …

Die Goldbombe

Ich vermisse die Zeiten, als alles, was in der Malerei golden war, mit echtem Blattgold dargestellt wurde. Halbierte und in Viertel zerschnittene Goldmünzen wurden so lange mit dem Hammer flach geklopft, bis sie große goldene Papierblätter geworden waren, federleicht und beinahe durchsichtig, dann klebte man sie in Heiligenscheine, auf Sterne und Sonnen über Landschaften mit Zypressen und Schlössern. In jenen fabelhaften Zeiten wurde auch der Glanz in den Tapisserien mit Goldfäden erzeugt, die man mit Baumwoll- oder Seidenfäden aus den Kolonien verspann. Die Haarlocken der Jungfrauen waren Goldspäne, und das gewundene Horn des Einhorns war aus echtem Perlmutt gefertigt …

Für diese Geschichte bräuchte auch ich viel richtiges Gold. Beispielsweise würde es mir gefallen, wenn in der Landschaft, in der leider für die Dauer der nun folgenden Seiten nichts geschehen wird (aber meine Leserinnen haben sich vermutlich schon daran gewöhnt), wenigstens drei Elemente mit einer Reifschicht aus echtem Gold überzogen wären: die Kuppen der Meereswellen, so daß sie eine Feuerstrecke bildeten von der sengenden Sonne bis ans Ufer, die sieben Buchstaben, die auf dem Mobiltelefon meiner Strandnachbarin das Wort SAMSUNG bilden, und nicht zuletzt ihr blondes und schweres Haar, das ihr in genialen Kringeln auf die Schultern fällt, wild und melodiös wie in Leonardos Frisurenstudien. Doch zur Beschreibung dieser Haare – keiner der alten Bildhauer wäre in der Lage gewesen, eine solche Pracht mit seinem Meißel herbeizuzaubern, so fein er auch geschliffen und so geschmeidig die Handgelenke des Meisters auch gewesen sein mögen – habe ich mir drei Viertel der vorliegenden Seiten reserviert: wie zwei Flügel eines virtuellen Schmetterlings oder die Bildstrecke der erotischsten unter den erotischen Zeitschriften auf der Welt. Begeistert, vor Exaltation beinahe verrückt, etwa so wie Sokrates im Kratylos-Dialog, spüre ich, daß ich bei allem, worüber ich hier schreiben könnte, letztlich doch nur von jenen Haaren aus Golddraht spräche, aus Goldfraktalen, von den Milliarden Beinchen einer goldenen Spinne, das ich gepackt und um meine Faust gewickelt hätte, rauh und dicht und heiß, einmal, zweimal, dreimal, viermal, fünfmal, sechsmal, bis ich beim nackten Schädel angelangt wäre, nur noch ein paar gekringelte Fädchen auf dem Kopf der da neben mir am Strand Liegenden, getrennt lediglich durch einen Meter Sand aus zerriebenen Muschelschalen.

Ich fahre immer allein ans Meer und sonne mich immer nackt, umgeben von anderen völlig nackten Leibern. Dem Meer nähere ich mich mit endloser Vorsicht, etwa so wie die alten Juden sich der Bundeslade näherten: »Fangt bloß nichts mit einer Frau an!« war dazu Jehovas Gebot. Tagelang, mitunter sogar Wochen bevor ich ans Meer fahre, unterdrücke ich meine Sexualität, und dies bereitet mir ein seltsames Lustgefühl. Denn in allen meinen Phantasien ist das Meer lebendig, es überschwemmt meinen Schädel und fließt wieder aus ihm heraus wie Wein, der sich über den Schnabel eines Kelchs ergießt. Und am Meer schlafe ich bloß einmal mit einer Frau, gewöhnlich in der letzten Nacht, mit einer Frau, die ich nicht kenne, stets mit einer anderen und eigentlich immer wieder derselben, denn für mich ist sie bloß das Meer. Sie ist die Essenz jener Tage mit Sand und Salz, der am Strand wie auf einem langen etruskischen Sargdeckel liegenden Bronzestatuen, der violetten, irisierenden Effekte aus der Linse einer triumphierenden Sonne. Die totale, anonyme und süße Promiskuität, das salzige, feuchte und sinnliche Meer, dem wir alle entsprungen sind. Bis zu diesem Jahr jedoch kannte ich weder das Meer noch die Frau wirklich.

Sie zeigte sich so gegen zehn Uhr, und sehr bald lernte ich, wie alle anderen auch, auf ihren Auftritt zu warten. Die Corona und die Schockwelle einer thermonuklearen Explosion gingen ihr voraus. Wir, nackte Männer und nackte Frauen, erhoben unsere Oberkörper auf dem Sand und betrachteten sie, waren – wie von einer Sonnenfinsternis – selbst durch unsere dunklen Sonnenbrillen noch geblendet. Sie verströmte Schönheit. Sie ging auf den Zehenspitzen, hatte Schuhe aus glänzendem Quarz an den Füßen, und die Absätze bogen sich auf den Alleen unter ihrem noch nie gesehenen Gewicht. Sie kam herunter auf den Strand des kleinen Golfs, den die ins Meer getriebenen Wellenbrecher absteckten, und legte ihr Leintuch nahe ans Wasser. Dann schälte sie sich aus ihren Kleidern, und sämtliche Blicke am Strand, ja selbst die der Möwen, hielten sie aufrecht, denn bloß nackt konnte sie wirklich verstanden und beschrieben werden. Und stets verweilte sie ein bißchen im Höschen, weiß war sie wie Milch und von der aus der Weite hereinwehenden Brise liebkost, dann wölbte ihr Schambein die blaue Seide, die sich etwas tiefer unten zwischen ihren Zwillingslippen einkerbte.

Sie hätte das Schönheitsideal praktisch der gesamten Menschheit sein können. In fernen Häfen hätte man sie verkauft und gekauft neben Safran, Gewürznelken und Messing. Mit ihren kräftigen Beinen, denen einer Göttin, die eine Seite des Tempels trägt, ihrem riesigen Busen, den sie mit dem gleichen Stolz nach vorne reckte, mit dem die rumänische Matrone ihre Kinder vor sich herschiebt (»Seht her, meine Schmuckstücke!«), mit ihrer Magdalenenmähne aus dem Magdalenium, mit ihrer goldelfenbeinernen Gestalt wäre sie der Stolz jedes Harems und die unangefochtene Reiterin sämtlicher Philosophen der Welt geworden. Nackt verstrahlte sie so viel Licht, daß alle anderen Leiber in dem kleinen Golf grau wie Leichen aussahen. Ihr Busen, das sah man sofort, war der einzige, der diesen Namen verdiente: Alle anderen Frauen hatten Milchdrüsen auf der Brust oder schlicht und einfach Zitzen. Ihr Hintern mit der dunklen Zone zwischen den Pobacken zeigte ab und zu gemächlich und wie mit Vorbedacht das kaffeebraune Sternchen und jene andere, komplex gefältelte Struktur, die dem zwischen den Schalen hervorquellenden Fleisch der Meeresmuscheln so ähnlich ist. Wenn sie sich auf den Rücken legte, warf der goldene Litzenschopf über dem sorgsam rasierten Vögelchen ein strahlendes Licht auf ihren Bauch, wie die Füllfederkappen meiner Kindheit. Und wenn sie sich umdrehte, enthüllte sie über den Pobacken ein Drachentattoo, das sich geschmeidig in die dreieckige Senke der Lenden kringelte.

Zehn Tage lang saß ich Tag für Tag neben ihrem großen und schweren Leib, ihrer Haut, die, statt zu bräunen, immer stärker von einer flüchtigen Pheromonschicht überzogen wurde. In diesem Pheromonhemd ging sie auch ins Meer, immer nur bis zu den Knien, immer reckte sie dabei den Busen, projizierte die Brustwarzen und die süßen Rundungen darunter auf die azurblaue Weite. Dann schritt sie auf der Goldspur dahin, bückte sich ab und zu und hob einen Tintenfisch auf, wußte, daß alle sie anschauten, daß sie der innerste Kern des Meeres war. Wenn sie sich wieder neben mir hinlegte (ach, der gleiche Meter Sand und zerspellter Muscheln zwischen uns), weiche Wasserlinsen auf dem Leib, das Haar salzverklebt, atmete ich tief ein, und die Luft, die ich von ihrem Körper wegsog, drang in meine Lungenbläschen und von da in mein Blut, und das Blut sank hinab in die Arterien meines Geschlechts, wo es Schleusen öffnete und glühendes Gewebe überschwemmte. Ich klebte auf dem Sand, biß hinein, hätte das Meer wie eine riesige Auster ausschlürfen, hätte am Horizont die Wolken und das Hotel mit den Zähnen zerreißen können. Insgesamt wurde ich, vom Kopf bis zu den Füßen, ein erigiertes Genital, von Fieber und Wahnsinn erfaßt.

Wie alt mag diese Frau aus Sahne und Gold gewesen sein? Ich hätte sie auf zwischen fünfzehn und siebzehn Milliarden Jahren schätzen können. Ein Punkt auf einer Blase im Schaum des Universums hatte begonnen, sich selbst aufzublähen, hatte sich von den anderen gelöst und allmählich unsere Welt gebildet. Helleuchtende und dunkle Materie hatte bei der Erschaffung der Galaxien miteinander konkurriert: Billionen Goldpunkte, wabenförmig und in Bündeln angeordnet. Und in jedem von ihnen erzeugten Hunderte Milliarden von Sternen chemische Elemente: den gesegneten Boden der Planeten. Und auf dem Krümelchen, auf dem wir leben, in dem sauren Glasmeer, sind Bakterien aufgetaucht, Würmer und Schwämme und Trilobiten und Kopffüßler und Hohlstachler. Und als die Meere sich zurückgezogen hatten, waren an ihren nassen Stränden Amphibien und Reptilien zurückgeblieben, während in den schwarzen Wäldern die Vögel und Säugetiere herumzuwuseln begannen. Und linkische Humanoiden gingen hinaus in die Savanne. Gattungen und Rassen haben Gattungen und Rassen ausgelöscht, Völker haben Völker vernichtet, Zivilisationen haben sich erhoben und sind zerfallen (»Wo ist Xerxes geblieben, wo Artaxerxes?«), Apokalypsen kamen und gingen (»Zerfallene Türme: Jerusalem, Alexandria, Wien, London, Rom, irreal ...«), Bibliotheken wurden geschrieben und in Brand gesteckt, und schließlich empfing eine Frau in ihrem Leib das Balg vom Geist eines Fürsten, und eine Eizelle, die sich teilte und wuchs, wiederholte die Erschaffung der Welt, und der Embryo wurde zu einem in der Gebärmutter kauernden Mädchen, und das Mädchen schlüpfte aus dem Muskelball wie aus einer großen Rotunde und wuchs auf und erbte schließlich die Welt. Denn letztlich gibt es die Welt nur, damit sie zu einer schönen Frau werde.

»Die Goldbombe« wurde sie schon bald von den Leuten am Strand genannt, den nackten Männern und Frauen, die am Meeresufer vor sich hin bräunten und um so schwärzer wurden, als die Frau weißer und steiniger wurde. Ja, auch die Frauen, Seite an Seite mit den Männern, verzehrten sie mit ihren Blicken, begannen Sappho und Bilitis zu verstehen. Was hatten sie bloß bis dahin an den behaarten Satyrn gefunden, mit denen sie zusammenlebten? Wieso hatten sie sich Nacht für Nacht von deren grobschlächtigen Paarungswerkzeugen verletzen lassen? Wenn doch die Liebe, die Erotik, die Pornographie, die Berührung der Brustwarzen und die Öffnung der Lippen mit den Fingern und der Zunge oder allein mit heißem Atem sich so offensichtlich mit dem Kurvenspiel, den Wölbungen und Feuchtigkeiten des weiblichen Körpers verbanden? Und nicht jedweden Körpers, sondern nur dem der nun mit verschränkten Beinen auf dem Leintuch Liegenden, die lächelnd in ihr Mobiltelephon spricht und mit dem Kettchen spielt, das an der Fessel der Riesin glüht.

Eine Bombe? Viel eher eine Rakete, die ins Bett jedes einzelnen Wesens geschossen wurde, das sie wenigstens einmal am Strand gesehen hatte, wie sie sich träumerisch und nackt in dem Gewusel zwischen den lang ins Meer hineinragenden Wellenbrechern sonnte, denn ich brauchte es mir nicht vorzustellen, ich *wußte*, daß im Halbdunkel jedes einzelnen Hotelzimmers spät in der Nacht die Männer ihre Frauen erschreckten, wenn sie sie zu kneten begannen und in sie hineinfuhren – nein, nicht mit der Müdigkeit der stabilen Paare (»Verzeih, habe ich dir weh getan? … kratzt dich mein Bart?« …), sondern mit einer verzweifelten Entschlossenheit, die sie nicht einmal am Anfang ihrer Beziehung gekannt hatten, die auch nicht möglich gewesen wäre, denn die armen Sowieso und Sowieso waren bloß Frauen, aber ein Mann braucht viel mehr, um wie ein Vulkan auszubrechen und die Marmorstädtchen im Tal mit seiner glühenden Lava zu ertränken. Er muß auf den Hüften einer Goldbombe reiten können. Nächtelang wurde, wenn Liebe gemacht wurde, allein mit der Frau mit der goldenen Scham Liebe gemacht, die jedesmal, wenn sie ging, im Sand eine Vertiefung in Form eines Violoncellos hinterließ.

Am letzten Tag meines diesjährigen Aufenthaltes kam die von Wind und Muscheln modellierte Frau, die am Vormittag mit ihrer Karyatiden-Schädeldecke wieder den Himmel gestützt hatte, wobei sie in ihr Mobiltelephon sprach, dessen auflodernder Bildschirm ihr über die Wangen flackerte, nicht mehr zum Strand, und da wußte ich, daß ihre Scheibe im Meer versunken war. Es reichte, sich umzusehen, um zu wissen, daß sie gegangen war: Männer und Frauen kauerten verkohlt qualmend auf dem Sand … Durch die aufgeplatzte Haut waren ihre salzverkrusteten Rippen herausgetreten. Selbst das Meer war plötzlich voll faulender Algen, Zigarettenkippen und Altpapier. Stundenlang irrte ich über den Strand und ließ die Wellen meine nackten Fußsohlen netzen. Abends fand ich an der Bar irgendeine Frau und liebte sie danach die ganze Nacht, benetzte sie mit Speichel und Tränen. Während ich meine Tränen über den armseligen Frauenleib (Sowieso oder Sowieso) vergoß, in den ich nicht wie in einen Tempel, sondern wie in eine Konditorei eingetreten war, wußte ich, daß ich von nun an die Fee aus Milch und Honig vom Golf zwischen den Wellenbrechern nie mehr wiedersehen würde – eingehüllt in ihr Haar aus Drähten und Ranken und Kringel und Voluten aus Gold …

Warum wir die Frauen lieben

Weil sie runde Brüste haben mit Brustwarzen, die sich in der Bluse erheben, wenn sie frieren, weil sie einen großen und dicklichen Hintern haben, weil sie Gesichter mit süßen Zügen haben wie die Kinder, weil sie volle Lippen haben, dezente Zähne und Zungen, vor denen du keinen Widerwillen empfindest. Weil sie nicht nach Schweiß riechen oder nach billigem Tabak und nicht schwitzen an der Oberlippe. Weil sie allen kleinen Kindern zulächeln, die an ihnen vorbeigehen. Weil sie auf der Straße aufrecht gehen, den Kopf erhoben, die Schultern zurückgezogen, und nicht auf deinen Blick antworten, wenn du sie wie ein Besessener anstarrst. Weil sie mit unerwartetem Mut über sämtliche Knechtungen ihrer delikaten Anatomie hinweggehen. Weil sie sich im Bett etwas zutrauen und erfinderisch sind, und zwar nicht aus Perversität, sondern um dir zu zeigen, daß sie dich lieben. Weil sie alle nervenden und geringen Tätigkeiten im Haus verrichten, ohne sich damit zu brüsten und ohne dafür Anerkennung einzufordern. Weil sie keine Pornozeitschriften lesen und keine Pornosites anklicken. Weil sie allerhand Klimperzeugs tragen, das sie ihrer Kleidung anpassen und nach komplizierten und unverständlichen Regeln anlegen. Weil sie ihr Gesicht mit der konzentrierten Aufmerksamkeit eines inspirierten Künstlers gestalten und bemalen. Weil sie besessen sind von der Schlankheit Giacomettis. Weil sie aus kleinen Mädchen hervorgehen. Weil sie sich die Fußnägel anmalen. Weil sie Schach, Whist und Tischtennis spielen, ohne gewinnen zu wollen. Weil sie Probleme auf eine Art lösen, die dich aus der Fassung bringt. Weil sie auf eine Weise denken, die dich aus der Fassung bringt. Weil sie genau dann »ich liebe dich« zu dir sagen, wenn sie dich am wenigsten lieben, wie eine Art Kompensation. Weil sie nicht masturbieren. Weil sie ab und zu kleine Leiden haben: einen rheumatischen Schmerz, eine Verstopfung, eine Warze, und dann merkst du plötzlich, daß die Frauen Menschen sind wie du selbst. Weil sie entweder äußerst feinsinnig schreiben und dabei kleine tadelnde Bemerkungen zusammentragen und subtile psychologische Nuancen skizzieren oder brutal und skatologisch, um bloß nicht in den Verdacht zu geraten, weibliche Literatur zu machen. Weil sie außergewöhnliche Leserinnen sind, für die dreiviertel der weltweit entstehenden Poesie und Prosa geschrieben werden. Weil sie bei »Angie« von den Stones ausflippen. Weil Cohen sie fertigmacht. Weil sie einen totalen und unerklärlichen Krieg gegen die Küchenschaben führen. Weil du dich niemals mit ihnen hinsichtlich der Schönheit einer anderen Frau oder eines anderen Mannes einigen kannst. Weil sie das Leben ernst nehmen, weil sie tatsächlich an die Wirklichkeit zu glauben scheinen. Weil sie sich wirklich dafür interessieren, welches Fernsehsternchen sich mit wem zusammengetan hat. Weil sie sich die Namen der Schauspielerinnen und Schauspieler aus den Filmen merken, selbst die aus den obskursten Produktionen. Weil der Embryo, wenn er keiner hormonellen Beeinflussung ausgesetzt ist, sich immer zur Frau entwickelt. Weil sie nicht daran denken, wie sie es dem hübschen Kerl, den sie gerade im Trolleybus sehen, besorgen würden. Weil sie solche Schweinereien wie Martini Orange, Gin Tonic oder Vanilla Coke trinken. Weil sie nichts vom Wein verstehen. Weil sie dir nicht die Hand auf den Hintern legen, außer in der Werbung. Weil sie der Gedanke an eine Vergewaltigung nicht aufreizt, außer im Kopf des Mannes. Weil sie blond sind, braun- und rothaarig, süß, fickrig, warm und anmutig, weil sie jedesmal einen Orgasmus haben. Weil sie, wenn sie keinen Orgasmus haben, diesen auch nicht mimen. Weil der schönste Moment des Tages der Morgenkaffee ist, da ihr eine Stunde lang Kekse knabbert und den Tag entwerft. Weil sie Frauen sind, weil sie keine Männer sind, auch nichts anderes. Weil wir aus ihnen kommen und zu ihnen zurückkehren und unser Kopf sich wie ein schwerfälliger Planet immer und immer wieder nur um sie dreht.

Schlußbemerkung

Wenn Ihnen meine Geschichtchen einigermaßen gefallen haben, werden Sie mich vielleicht noch einen Momentissimo lang ertragen können, denn ich bestehe darauf, einigen von denen zu danken, die auf die eine oder andere Weise zum Entstehen der von Ihnen soeben gelesenen Seiten beigetragen haben. Ich danke allen Vorbildern für meine Personen aus der Wirklichkeit, den ehemaligen Geliebten, früheren Lehrern und Professoren oder gegenwärtigen Freunden, und bitte um Verzeihung für die freche Entstellung der Tatsachen in, praktisch, jeder einzelnen Geschichte. Das sind die Risiken, die man eingeht, wenn man sich mit einem Schriftsteller einläßt … Dann danke ich den Zeitschriften, die meinen Texten vorab eine Heimstatt geboten hatten, vor allem der Zeitschrift *Elle*, in der während des letzten Jahres zwei Drittel der Geschichten erschienen sind, die – mit dazugehörender Verkrümmung – die Wirbelsäule des Buches bilden. Die anderen sind in *Dilema, România literară, Lettre internationale* und *Tabu* erschienen. Sehr herzlich danke ich den beiden Ioanas, die mein Buch mit dem Bleistift in der Hand gelesen und zu meiner Schande genügend Verstöße gegen die orthographischen und orthoepischen, ja sogar gegen die Verkehrsregeln (in der Geschichte, in der mit dem Lenkrad auf der rechten Seite gefahren wird) festgestellt haben.

Biobibliographische Notiz

Mircea Cărtărescu, geboren 1956 in Bukarest, debütierte 1978 als Lyriker und veröffentlichte in der Folge eine Reihe von Gedichtbänden, die ihn zur unangefochtenen Leitfigur seiner Generation werden ließen: *Faruri, vitrine, fotografii* (»Scheinwerfer, Schaufenster, Fotos«, 1980), *Poeme de amor* (»Liebesgedichte«, 1983), *Totul* (»Alles«, 1985). Auf deutsch erschien der schmale Auswahlband *Selbstportrait in einer Streichholzflamme*, hg. von Barbara Richter, Nachwort und aus dem Rumänischen übersetzt von Gerhardt Csejka, DAAD-Künstlerprogramm Berlin 2001. 1989 veröffentlichte Cărtărescu einen Band mit Erzählungen *Visul* (»Der Traum«), der 1993 (frei von Zensureingriffen) unter dem Titel *Nostalgia* erschien; er enthält die Erzählungen »Mendibilus«, »Zwillinge« und »Rem« (dt. *Nostalgia*, übersetzt von Gerhardt Csejka, Volk & Welt Berlin 1997). 1990 erschien das Poem *Levantul* (»Die Levante«), ein parodistisches Spiel mit der rumänischen Literaturgeschichte. An *Nostalgia* knüpft *Travesti* (1994) an, der Kurzroman über einen Geschlechtertausch, der 2007 in Frankreich als Comic erschien. Cărtărescu publizierte des weiteren Essaybände, Tagebücher und das Kinderbuch »Enzyklopädie der Drachen«. Sein Hauptwerk, die 1500 Seiten umfassende Romantrilogie *Orbitor* (»Blendwerk«), entstand in einem Zeitraum von 15 Jahren und erscheint in der Übersetzung von Gerhardt Csejka im Zsolnay Verlag, Wien: Band I (1996): *Aripa stângâ* (»Der linke Flügel«; dt. *Die Wissenden*, 2007); Band II (2001) *Corpul* (»Der Körper«); Band III (2007): *Aripa dreaptă* (»Der rechte Flügel«). Band II wurde 2001 in Berlin, Band III 2007 in Schloß

Solitude bei Stuttgart vollendet. Der Suhrkamp Verlag bereitet eine Neuausgabe der *Nostalgia* und Übersetzungen weiterer Werke von Mircea Cărtărescu vor. Die vorliegende Ausgabe *Warum wir die Frauen lieben* wurde in Zusammenarbeit mit dem Autor geringfügig verändert und um zwei Texte gekürzt.

Inhalt